草原长调

韩少功 著

鲁迅文学奖获得者散文丛书

江苏凤凰文艺出版社

图书在版编目（CIP）数据

草原长调 / 韩少功著. — 南京：江苏凤凰文艺出版社，2016
（鲁迅文学奖获得者散文丛书）
ISBN 978-7-5399-8739-2

Ⅰ. ①草… Ⅱ. ①韩… Ⅲ. ①散文集－中国－当代 Ⅳ. ①I267

中国版本图书馆 CIP 数据核字(2015)第 222696 号

书　　　名	草原长调
著　　　者	韩少功
责 任 编 辑	黄孝阳　汪　旭
出 版 发 行	凤凰出版传媒股份有限公司
	江苏凤凰文艺出版社
出版社地址	南京市中央路 165 号，邮编：210009
出版社网址	http://www.jswenyi.com
经　　　销	凤凰出版传媒股份有限公司
印　　　刷	江苏凤凰通达印刷有限公司
开　　　本	890×1240 毫米　1/32
印　　　张	7
字　　　数	165 千字
版　　　次	2016 年 1 月第 1 版　2016 年 1 月第 1 次印刷
标 准 书 号	ISBN 978–7–5399–8739–2
定　　　价	35.00 元

（江苏文艺版图书凡印刷、装订错误可随时向承印厂调换）

目录

第一辑　那些地方

人在江湖 | 3

草原长调 | 13

万泉河雨季 | 22

笛鸣香港 | 35

岁末恒河 | 44

第二辑　那些事

萤火虫的故事 | 57

漫长的假期 | 61

能不忆边关 | 85

世界 | 101

海念 | 118

感激 | 122

第三辑　那些人

　　你好,加藤　| 127

　　人物六题　| 142

　　落花时节读旧笺　| 167

　　月下桨声　| 197

　　收水费　| 203

　　空院残月　| 211

第一辑 那些地方

人在江湖
草原长调
万泉河雨季
笛鸣香港
岁末恒河

人在江湖

　　轻轻地一震,是船头触岸了。钻出篷舱,黑暗中仍是什么也看不见,只有身边同行者的三两声惊呼,报告着暗中的茅草、泥潭或者石头,以便身后人小心举步。终于有一盏马灯亮起来,摇出一团光,引疲乏不堪的客人上了坡,钻过一片树林,直到一幅黑影在前面升了起来,越升越高,把心惊肉跳的我们全部笼罩在暗影之下。

　　提马灯的人说:到了。

　　这是一面需要屏息仰视的古祠高墙。墙前有一土坪,当月光偶尔从云缝中泻出,土坪里就有老樟树下一泼又一泼的光斑,满地闪烁,聚散不定。吱呀一声推开沉重的大门,才知道祠内很深,却破败和混乱,据说这里已是一个公社的机关所在地,早已不是什么古祠。我们没见到什么人(那年头公社干部都得经常下村子蹲点),唯见一留下守家的广播员来安排我们的住宿,后来才知道他也是知青,笛子吹得很好。他举着油灯领着我们上楼去的时候,杂乱脚步踏在木梯上,踏在环形楼廊高低不平的木板上,踏出一路或脆或闷的巨响。声音在空荡荡的大殿里胡乱碰撞，惊得梁下的燕子和蝙蝠惊飞四起。

这是一九七五年的一个深秋之夜，是我们知青文艺宣传队奉命去围湖工地演出的一次途中借宿。

这也是我第一次靠近屈原——当我躺在木楼板上呼吸着谷草的气味，看着木窗栏外的一轮寒月，我已知道这里就是屈子祠旧址。当年的屈原可能也躺在谷草里，从我这同一角度远眺过天宫吧？

我很快就入睡了。

若干年以后，我再来这里的时候，这里一片阳光灿烂灯红酒绿。作为已经开发出来的一个旅游景区，屈子祠已被修缮一新，建筑面积也扩大数倍，增添了很多色彩光鲜的塑像、牌匾以及壁画，被摆出各样身姿的男女游客当作造型背景，亦当作开心消费的记录，一一摄入海鸥牌或者尼康牌的镜头。公社——现在应叫做乡政府，当然已迁走。年轻的导游人员和管理人员在那里打闹自乐，或者一个劲地向游客推荐其他收费项目：新建的碑林园区，还有用水泥钢筋筑建的独醒亭、骚坛、濯缨桥、招屈亭等等。当然，全世界都面目雷同的餐馆与"卡拉OK"也在那里等待游客。

水泥钢筋虚构出来的历史，虚构出来的陌生屈原，让我不免有些吃惊。至少在若干年前，这里明明只是一片荒坡和残林，只有几无人迹的暗夜和寒月，为何眼下突然冒出来这么多亭台楼阁？这么多红尘万丈的吃喝玩乐？旅游机构凭借什么样的权力和何等的营销想象，竟成功地把历史唤醒，再把历史打扮成大殿里面色红润而且俗目呆滞的一位营业性诗人？可以推想，在更早更远的岁月，循着类似的方式，历史又是怎样被竹简、丝帛、纸页、石碑、民谣以及祠庙虚构！

被众多非目击者事后十年、百年、千年所描述的屈原，就是在这汨罗江投水自沉的。他是中国广为人知的诗人，春秋时代的楚国大臣，一直是爱国忠君、济世救民的人格典范。他所创造的楚辞奇诡莫测，古奥难解，曾难倒了一代又一代争相注疏的儒生。但这也许恰恰证明了，楚辞从来不属于儒生。侗族学者林河先生默默坚持着他对中原儒学的挑战，在上世纪八十年代使《九歌》脱胎于侗族民歌《歌（嘎）九》的惊人证据得见天日，也使楚辞诸篇与土家、苗、瑶、侗等南方民族歌谣的明显血缘关系昭示天下。在他的描述之下，屈原笔下神人交融的景观，还有天问和招魂的题旨，以及餐菊饮露、披花戴草、折琼枝而驷飞龙一类自我形象，无不一一透出沅湘一带民间神祀活动的烟火气息，差不多就是一篇篇礼野杂陈而且亦醒亦狂的巫辞。而这些诗篇的作者，那位法号为"灵君"的大巫，终于在两千年以后，抖落了正统儒学加之于身的各种误解和矫饰，在南国的遍地巫风中重新获得了亲切真相。

我更愿意相信他笔下的屈原。据屈原诗中的记载，他的流放路线经过荆楚西部的山地，然后涉沅湘而抵洞庭湖东岸。蛮巫之血渗入他的作品，当在情理之中。当年这一带是"三苗"蛮地。"三苗"就是多个土著部落的意思。"巴陵（今岳阳）"的地名明显留下了巴陵蛮的活动痕迹。而我曾经下放落户的"汨罗"则是罗家蛮的领土。至于"湘江"两岸的广大区域，据江以人名的一般规律，当为"相"姓的部族所属。他们的面貌今天已不可知，探测的线索，当然只能在以"向（相）"为大姓的西南山地苗族那里去寻找。他们都是一些弱小的部落，失败的部落，当年在北方强敌的进逼和杀戮之下，从中原的边缘循着河岸而节节南窜。我曾经从汨罗江走到它与湘江汇合的辽阔河口，再踏着湘江堤岸北访茫茫洞庭。我已很难知道，那些迎面而来的男女老少，有多少还是当年"三苗"的后裔——几千年的人口流动和混杂，毕竟一再改写了这里的血缘谱系。

但是我们还是可以看见那些身材偏瘦偏矮的人种，与北方人的高大体形，构成了较为鲜明的差别。他们"十里不同音"，在中国方言版图上形成了最为复杂和最为密集的区位分割，仍隐隐显现着当年诸多古代部落的领土版图和语言疆界。当他们吟唱民歌或表演傩戏时不时插入"兮"、"些"、"耶"、"依呀依吱"等语助词时，你可能会感到屈原那"兮"、"兮"相续的悲慨和高远正扑面而来。

楚辞的另一面就是楚歌。作为"兮"字很可能的原型之一，"依呀依吱"在荆楚一带民歌中出现得太多。郭沫若等学者讨论"兮"应该读a还是应该读xi的时候，似乎不知道a正是"依呀"之尾音，而xi不过是"依吱"的近似合音。作为一种拟音符号，"兮"的音异两读，也许本可以在文人以外的民间楚歌里各有其凭。

这些唱歌人，即便在本世纪中叶现代革命意识形态一统天下的时候，也仍然惺忪于蛮巫文化的残梦。我落户的那个村子，有一个老太婆，据说身怀绝技，马脚或牛脚被砍断了的时候，只要送到她那里，她把断腿接上，往接口处吐一口水，伸手顺毛一抹，马或牛随即便可以疾跑如初。人们对此说法大多深信不疑。村子里的人如果死在远方，需要在酷热夏天运回故土，据说也有简便巫法可令尸体在旅途中免于腐烂。他们捉一只雄鸡立于棺头，这样无论日夜兼程走上多少天，棺头有雄鸡挺立四顾，待到了目的地之后，尸体清新如旧，雄鸡则必定喷出一腔黑血，然后倒地立毙，想必是把一路上的腐毒尽纳其中。人们对这样的说法同样深信不疑。他们甚至把许多当代重要的历史事件，同样进行巫化或半巫化的处理。一个陌生的铜匠进村了，他们可能会把他当作已故国家领袖的化身，崇敬有加。某地的火灾发生了，他们也可能会将其视为自己开荒时挖得一只硕鼠鲜血四溅的结果，追悔莫及。他们总是在一些科学人士觉得毫无相干的两件事之间,寻找出他们言之凿凿的因果联系,以编织他们的想象世界,并在这个世界里合规合矩地行动下去。

他们生活在一块块很小的方言孤岛,因语言障碍而很少远行。他们大多得益于所谓"鱼米之乡"的地利,因物产丰足也不需要太多远行。于是,家门前的石壁、老树、河湾以及断桥便长驻他们的视野,更多地启发着他们对外部世界的遐想。他们生生不息,劳作不止,主要从稻米和芋头这些适合水泽地带生长的植物中吸取热能;如果水中出产的鱼鳖鳝鳅一类不够吃的话,他们偶尔也向"肉"(猪肉的专名)索取脂肪和蛋白质——那也是一种适合潮湿环境里的速生动物。这样,相对于中国北部游牧民族来说,这些巫蛮很早以来就有了户户养猪的习惯,因此更切合象形文字"家"(屋盖下面有猪)的意涵,有一种家居的安定祥和景象,更能充当中国"家"文化的代表。

他们当然也喜好"番(汨罗人读之为bān)椒",即辣椒,用这种域外引入的食物抵抗南方多见的阴湿瘴疠;正如他们早就普遍采用了"胡床",即椅子,用这种域外传来的高位家具,使自己与南方多水的地表尽可能有了距离。"番"也好,"胡"也好,记录着暧昧不明的全球文化交流史,也体现出蛮巫族群对外的文化吸纳能力。当欧洲一些学者用家具的高低差别(高椅/低凳,高床/低榻等等)来划定文明级别时,这些巫蛮人家倒是以家具的普遍高位化,显示出在所谓文明进程中的某种前卫位置,至少在印度人的蒲团(坐具)和日本人的榻榻米(卧具)面前,不必有低人一等的惭愧。

我们可以猜测,是多水常湿的自然环境,是农业社会的定居属性,促成了他们这种家具的高位化。当然,我们还可以猜测,正是这相同的原因,造成了他们的分散、保守以及因顺自然的文化性格,无法获得北方部族那种统一和扩张的宽阔眼界,更无法获得游牧部族那种机动性能和征战技术，于是一再被北方集团各个击破，沦落为寇。

我曾经发现，这里的成年男人最喜欢负手而行，甚至双手在身后扭结着高抬，高到可以互相摸肘的程度。这种不无僵硬别扭的姿态，曾让我十分奇怪。一个乡间老人告诉过我：这是他们被捆绑惯了的缘故。这就是说，即便他们已经不再是战俘和奴隶，即便他们的先民身为战俘和奴隶的日子早已远去，无形的绳索还紧勒他们的双手，一种苦役犯的身份感甚至进入了生理遗传，使他们即便在最快乐最轻松的日子里，也总是不由自主地反手待缚。这种遗传是始于黄巢、杨么、朱元璋、张献忠、郝摇旗、吴三桂给他们带来的一次次战乱，还是始于更早时代北方集团的铁军南伐？这种男人的姿态是战败者必须接受的规范，还是战败者自发表现出来的恐慌和卑顺？

已故的湘籍作家康濯先生也注意过这种姿态。作为一种相关的推测，他说荆楚之民称如厕为"解手"（在某些文本里记录为"解溲"），其实这是一种产生于战俘营的说法。人们都被捆绑着，只有解其双手，才可能如厕。"解手"一词得到普遍运用，大概是基于人们被捆绑的普遍经验。

他们远离中原，远离朝廷，生活在一个多江（比如湘江）多湖（比如洞庭湖）的地方，使"江湖"这一个水汪汪的词不仅有了地理学意义，同时也有了相对于"庙堂"的社会和政治的意义。当年屈原的罢官南行，正是一次双重意义上的江湖之旅。传统的说法，称屈原之死引起了民众自发性的江上招魂，端午节竞舟的习俗也由此而生。其实，"舟楫文化"在多水的荆楚乃至整个南方，甚至远及东南亚一带，早已源远流长，不竞舟倒是一件难以想象的怪事。有越来越多的证据表明，这种娱乐与神祀相结合的民间活动，与屈原本无确切的关系。这种活动终以北来忠臣的名节获得自己合法性的名义，除了民众对历史悲剧怀有美丽诗情的一面，从另一角度来说，不过是表明江湖终与庙堂接轨，南方民俗终与中原政治合流。这正像"龙舟"在南方本来的面目多是"鸟舟"（语出《穆天子传》），船头常有鸟的塑形（见《淮南子》中有关记载），后来却屈从于北方帝王之"龙"，普遍改名为"龙舟"，不过是强势的中原文明终于向南成功扩张的自然结局——虽然这种扩张的深度效果还可存疑。

一些学者曾认为，中国的北方有"龙文化"，中国的南方有"鸟文化"。其实这种划分稍嫌粗糙。不论是文物考古还是民俗调查，都不能确证南方有过什么定于一尊的"鸟"崇拜。仅在荆楚一地，人们就有各自的狗崇拜、虎崇拜、牛崇拜、蜘蛛崇拜、葫芦崇拜、太阳崇拜等等，或者有多种图腾的并行不悖，从来没有神界的一统和集权。他们在世俗政治生活中四分五裂的格局，某种弱政府乃至无政府的状态，与人们的神界图景似乎也恰好同构。我曾经十分惊讶，汨罗原住民几乎不用"可惜"一词，而习惯用"做官"一词代替：说一张纸弄坏了，说一碗饭打泼了，说一头猪患瘟疾死了，凡此等等都是它们"做官"了。这里面是否包藏着一种蔑视官威和仇怨官权的胆大包天？

北方征服者强加于他们的绳索，并不能妨碍他们的心灵还时常在体制之外游走和飞翔，无法使他们巫蛮根性灭绝。一旦灾荒或战乱降临，当生存的环境变得严酷，这一片弱政府甚至无政府的江湖上也会冒出集团和权威，出现各种非官方的自治体制。在这样的时候，"江湖"一词的第二种人文含义，即"黑社会"，便由他们来担当和出演。宁走"黑道"而不走"红道"，会成为老百姓那里相当普遍的经验。一九七二年我还是个"知青"，曾奉命参与乡村中"清理阶级队伍"的文书工作，得知我周围众多敦厚朴质的农民，包括很多作为革命依靠对象的贫下中农，大多数竟是以前的"汉流"分子。"汉流"即洪帮，以反清复明为初衷，故又名"汉（明）流"。我后来还知道，这个超体积帮会曾以汉口为重要据点，沿水路延伸势力，在船工、渔民、小商中发展同党，最后像传染病一样扩展到荆楚各地广大乡村，在很多村庄竟有五成到七成的成年男子卷入其中，留下日后由政府记录在案的"历史污点"。其实，这个组织在有些地方难免被恶棍利用，但多数人当年入帮只是为了自保图存，有点顺势赶潮的意味，少数忙时务农闲时"放票"的业余性帮匪，也多以杀富济贫为限，与其说是反社会罪恶，不如说是非法制的矛盾调整。

有意味的是，他们一直坚持"汉流不通天"的宗旨，绝不与官府合作。但他们也有自己的影子官府，并没有活在体制真空。他们还有"十条"、"十款"的严明法纪，以致头目排行中从来都缺"老四"与"老七"——只因为那两个头目贪赃作恶违反帮规而伏法，并留下"无四无七"的人事传统以警后人。他们奉行"坐三行五睡八两"的分配制度，更是让我暗暗感叹：病者（睡八）比劳者（行五）多得，劳者（行五）比逸者（坐三）多得，可以想见，这种简洁而原始的共产主义，在社会结构还较为简单的农业社会，对于众多下层的弱者和贫者来说，会闪烁着何等强烈诱人的理想之光。

当时同在南方渐成气候的红军，其内部的战时分配制度，难道与它有多少不同吗？

二十世纪的二十年代到三十年代，江湖南国正是多事之地。一个千年的中央王朝，终于在它统治较为薄弱的地方，绽开了自己的裂痕以及呼啦啦的全盘崩溃。英豪辈出，新论纷纭，随后便是揭竿四方，这其中有最终靠马克思主义取得了全国政权的湘鄂赣红军及其众多将领，也有最终归于衰弱和瓦解了的"汉流"及其它帮会群体，在历史上消逝无痕，使江湖重返宁静。同为江湖之子，人生毕竟不会有完全相同的终局。

在我落户务农的那个地方，何美华老人就是一个洗手自新了的"汉流"。他蹲在我面前的时候，我完全想象不出他十八岁那年，就是一个在帮会里可以代行龙门大爷职权的"铁印老幺"——他操舟扬帆，走汉口，闯上海，一条金嗓子，民歌唱得江湖上名声大震，一刀劈下红旗五哥调戏弟嫂的那只右手，此类执法如山的故事也是江湖上的美谈。他现在已经老了，挂着自己不觉的鼻涕，扳弄着自己又粗又短的指头，蹲在箩筐边默默地等待。

保管员发现了他，说你的谷早就没有了。

他抬头看了对方一眼，然后起身，用扁担撬着那只箩筐走下坡去。他好几次都是这样：一到队里分粮的日子，早早就来到这里蹲着，看别人一个个领粮的喜悦神色，然后接受自己无权取粮的通知，然后默默地回去。

他太能吃了，吃的米饭也太硬了，太费粮了，以致半年就吃完了一年的口粮，但他似乎糊涂得还不大明白这个事实，没法打掉自己一次次撬着箩筐跟着别人向谷仓走来的冲动。

后来他去了磊石，那个湘江与汨罗江的汇合之地。据说在围湖修堤的工地看守草料和竹材，因为大雪纷飞的春节期间没人愿意当这种差，他可以赚一份额外的赏粮。但他再也没有从那里回来，不幸就死在那里。当地人对他的死有点含含糊糊，有人说，他是被湘江对岸一些盗竹木的贼人报复性地杀了，也有人说，他死于这一年特有的严寒。但不管怎么样，他再也不会蹲在我的面前拨弄自己粗短的指头。

汨罗江汇入湘江的磊石河口，我也到过那里的。我至今还记得那一望无际的河洲，那河湾里顺逆回环的波涛交织着一束束霞光，那深秋里远方的芦花是一片滔滔而来的洁白。那一片屈原曾经眺望过的天地，渺无人迹。

> 金牛山下一把香，
> 五堂兄弟美名扬，
> 天下英雄齐结义，
> 三山五岳定家邦。
> ……

江上没有这样的歌声，没有铁印老幺何美华独立船头的身影，只有河岸上的芦苇地里白絮飞扬。

一九九八年五月

草原长调

天边最后一抹火烧云熄灭，浓浓夜幕低压四野，长夜便开始在热气骤退的草原上流动。天地间只剩下黑暗里点点流萤，一撮篝火。牧民们披上御寒的大皮袄，端起盛满马奶酒的大碗，看铁皮罐下跳动的火苗，一股暖流自然从肺腑升起涌向喉头，化为一种孤独的声音，缓缓的，沉沉的，滔滔而来。

这种声音是不需要聆听的。草原上地广人稀，极目茫茫，游牧者寻居各自的草场，即使最近的邻居也可能在几十公里之外，因此歌唱永远指向虚空，是对高山、河流、草地、天穹的一种精神依偎，从不需要他人的理解。相比之下，中国江南民歌的戏谑，西北民歌的倾诉，北方戏曲的叙说，以农耕社会的群居为背景，都是唱给人听的歌，太具有文字属性和世俗气味，不适合在这样的寂静中生长。

这种声音又是期待聆听的。歌声总是悠长，才能随风飘送很远；音域总是自由而宽广，乐符才能腾升云端以便翻山越岭。这些歌声隐藏着一种飞向地平线那边的冲动，如同一种呼号，因此只能是慢板而不可能是快板，只能是长调而不可能是短调，只能是旋律的回肠荡气而不可能是节奏的复杂多变。在一个无需登高就可以望尽天涯的草原，在一个阔大得几乎没有真实感的空间，一个人的灵魂不可能不喷发声流，不可能不用这种呼号来寻找遥不可及的耳膜。

也许，蒙古长调就这样产生了。

> 洁白的毡房炊烟升起
> 我出生在牧人家里
> 辽阔无际的草原
> 是哺育我成长的摇篮
> ……

一轮红月亮悄悄地升起来。长调潮涌，缅怀着故乡，表达着爱情，也记录着历史和知识——哪怕对一匹马的生长过程，也可以用一岁一曲的方式，把马从小唱到大，循环反复的套曲，配合着歌者相互递让的一个酒碗，既是育马的课程温习，也是怜马的悲情倾吐。

这使蒙古人成了一个最长于歌唱的民族，精神几乎全部溶解在歌声里，远古"乐"教传统比汉民族延绵得更为长久。人人都是天才的歌手，不论是酋长、僧侣或者牧人。以至于他们的善饮，似乎只是为了使他们有更多放歌的豪兴；他们的嗜肉，似乎只是为了使他们体魄更为健壮厚重，更容易在胸腔内灼烤出西方式的美声和共鸣。他们放牧时骑在马背上的悠闲，或者躺在草地上的散漫，则为他们的歌唱提供了充足时光，为一切辛劳的农耕民族所缺少。歌唱，加上接近歌唱的朗诵，加上接近朗诵的诗化日常口语，构成了他们的语言，构成了他们历史上最主要的信息传播方式。在公元十二世纪以前的漫长岁月里,他们甚至没有文字,不觉得有什么书写的必要。

俄国诗人普希金端详过这个粗心于文字的民族,说蒙古人是"没有亚里士多德和代数学的阿拉伯人"。但这并不妨碍蒙古深刻地改变过俄国,在很多西欧人的眼里,粗犷强壮的俄国人已经眼生,只是蒙古化或半蒙古化了的欧洲人。这也不妨碍蒙古深刻改变过中国,在很多南方人眼里,雄武朴拙的北方人同样眼生,不过是蒙古化或半蒙古化了的中国人。蒙古的武艺甚至越过了日本海,成为了相扑(摔跤)和武士道传统的源头;甚至越过了白令海峡,融入了美洲印地安人的生存方式以及后来美国人的"牛仔风格"。他们的长调一度深深烙印在其它民族的记忆中和乐谱上。俄国音乐中的悲怆,中东音乐中的忧伤,中国西部信天游(陕甘)、花儿(青海)、木卡姆(新疆)等音乐素材中的凄婉,很难说没有染上色楞格流域和克鲁伦流域的寒冷。从英吉利海峡一直到西伯利亚流行的Sonnet(商籁体诗歌),深深藏在蒙语词汇中,很难说没有注入过蒙古牧人滚烫的血温。

北半球这种泛蒙古的大片遗迹,源头十分遥远而模糊,其中最易辨认的,只是公元一二〇六年的"库里尔台",即蒙古各部落统一后的酋长会议。成吉思汗登基,热血在歌潮中燃烧,腰刀在歌潮中勃勃跳动,骏马在歌潮中扬蹄咆哮,突然聚合起来的生命力无法遏止,只能任其爆炸,化为一片失控的风暴。后世史学家们的笔尖每到此处也为之哆嗦。马背上的成吉思汗宣布:"人类最大的幸福在胜利之中:征服你的敌人,追逐他们,剥夺他们,使他们的爱人流泪,骑上他们的马,拥抱他们的妻子和女儿!"于是一个散弱的民族从漫长的沉默历史中崛起,以区区不过百万的总人口,区区不过十二万的有限兵力,竟势如破竹横扫东西南北,先后击溃了西夏、南宋、喀拉汗、花剌子模、俄罗斯、波斯、日尔曼以及阿拔斯王朝,铁骑践踏在莫斯科、基辅、萨格勒布、杭州、广州、德里、巴格达、人马士革,直到穿越冰封的多瑙河,西抵亚得里亚海岸。人类史上一个领域最为辽阔的国家,随着他们似乎永不停止的马蹄和永不回头的尘浪,突然闪现在世人眼前,几乎没收了全部视野。

巴格达城破之时,除了极少数熟练工匠留下来,八十万居民被屠杀殆尽。征服者比虎豹还要凶猛和顽强,可以举家从军,在缺吃少眠的情况下日夜兼程,三天就扫荡匈牙利平原;可以枕冰卧雪,仅靠一点马血、泥水甚至人肉,就精神抖擞地跨越高加索山脉。他们的皮袋既可以储水,又可以充气后用来过河,再加上炼铁技术提供的一点马蹄掌、弓弩、钩矛和钉头锤,这一类简易粗陋的用具就足以助他们永远地向前,"像成群的蝗虫扑向地面","不屈不挠,战无不胜","与其说是人,不如说是鬼"(见 Matthew Paris's English History)。他们是一支歌手组成的军队,因此习惯于激情的喷发而不是思想的深入,因此不在乎法律,不关心学问和教化,不拘泥于任何作战规程,包括不需要什么后勤辎重。相反,他们的后勤永远在前方,在敌人的防线那边,是等待他们去劫掠的一切粮草、牲畜、财宝以及俘虏,是全世界这个取之不尽的大库房。

这些身披兽皮盔甲面色粗黑的武士,说着异族人谁也听不懂的话,对于世界来说是一群不知来历莫知底细的征服者。但武可立国,治国则不可无文。一个厚武而薄文的帝国,体积庞大得口耳难以相随,首尾难以相应,恐怕一时有些手足无措。成吉思汗的战略是首先联合"所有住在毡蓬里的人",从而将部分突厥人纳入自己的营垒,但知识与人才还是远远不够。于是阿拉伯人被用来管理贸易和税收,中国人被用来操作火炮和医药,擅长交际的欧洲人则被遣去处理一些外交事务——其中意大利人马可·波罗就给忽必烈大汗当了多年使臣,还在扬州当上地方官。蒙古大汗们并不认为这有什么危险,对美物奇器酒香肉肥以外的一切甚至无所用心。元朝一道刻在寺院石碑上的圣旨是这样写着:"长生天帝力里,皇帝圣旨里:和尚、也里可温、先生、达识蛮每:不拣什么差发休当者,告天祝寿者么道有来……"这一段汉文读来如同天书。其实"和尚"是指佛教徒,"也里可温"是指基督教徒,"先生"是指道教徒,"达识蛮"是指伊斯兰教徒。"每"相当于"们"。全句的意思是:圣上对各种宗教一视同仁,不论你们念的是什么经,只要是告天祝寿的就统统念起来吧。

这里的多元共存态度,作为一种官方文化政策足可垂范后世;但粗野杂乱的行文,愣头愣脑的口吻,如同街头巷尾的大白话,驱牛逐马时的吆喝,透出一股醺醺的酒气,完全暴露了帝国在文化上的粗放,哪有堂堂朝廷圣旨的体统和气象?事实上,帝国在文化上一开始就无法设防而且比比破绽,以弓矛开拓的疆土,最终难逃来自异族文化的肢解和吞食。公元十三世纪后期,经过了一百多年多少有些短暂的强盛,一个不擅长文字的民族,一个缺少思想家和学术典籍的民族,从而也就缺乏成熟国家制度和成熟文化控制的民族,迅速被占领区的其它族群同化,在习俗、语言以及人种上皆有消泯之虞。

依稀尚存的帝国也大抵上一分为三:旭烈兀的伊尔汗国尊奉伊斯兰教,定都北京的忽必烈在中国接受了佛教(喇嘛教)和儒家思想,别尔克的俄罗斯金帐汗国则部分引入了东正教。各大汗国之间争权内战,腥风血雨,最终耗竭了帝国的生命,一只军事恐龙在文化四面合围之下终于倒毙。

像一道闪电,帝国兴也匆匆亡也匆匆,结束得太快,连当事人也来不及想清楚这是怎么回事。除了后世少数学人,对于大多数牧人来说,这一段历史如真如幻,似有似无,扑朔迷离,支离破碎,只是草原长调中增加了一则血色的传说。

他们的历史总是传说，更准确地说是传唱，是神奇和浪漫的歌声，却不一定是真实，于是大多成为闪烁其辞的"秘史"，充斥着各种"秘旨"和"秘址"，欲言又止，语之不详，是一堆虚虚实实的谜团。他们是要忘记这一段历史吗？是从来就不需要历史吗？对于他们来说，最真实的一份历史，也许总是潜藏在和声四起时歌手们肃穆持重的目光里，潜藏在音浪高旋时歌手们额上暴突的青筋里，是他们长调中一个音符的颤栗或一个节拍的陡转：

　　　　一只狼在仰天长啸
　　　　一条腿被猎夹紧咬
　　　　它最后咬断了自己的骨头
　　　　带着三条腿继续寻找故乡
　　　　……

歌手的眼里有了泪光，也有了历史。他们的历史只易被感觉而不易被理解，等待着人们的心而不是脑。

他们的先民重新回到了本土草原，几乎一无所有。先民对世界的摧毁差不多是一种无意识的冲动，正像他们大规模改进过世界文明差不多也是一种无意识的任性而为。东方的火药、丝绸、机械、印刷术以及炼铁高炉，曾随着他们的背影向西方传播。还有宗教的跨大陆交流，勇武精神的跨血缘渗入，曾沿着他们的泥泞车辙延伸远方。他们并不完全清楚自己做过了什么，直至自己再一次在世界史中悄然退场。这样，当大陆西端的另一些游牧者从草原扑向海洋，目光瞄准了美洲和亚洲的海岸，以远航船队拉动了贸易和工业，东端的这一些弟兄却没有听到汽笛的余音，草原上一片宁静。

欧亚大陆的游牧文明至此东西两分。作为东方的这一支，他们不仅与"亚里士多德和代数学"擦肩而过，而且被工业化、民主制度、基督教改革的现代快车弃之而去。直到二十世纪末，他们还只有两百多万人口，书写着一种俄国蒙族和中国蒙族都不懂的新蒙文，是一个特别小的语种。以至人们观察四周的目光，常常会从他们的头顶越过，忽略他们的存在，而一般蒙古人也不易窥探到外部世界。

应该说，语种并无优劣高下之分，但知识生产与经济生产一样，都有规模效益的问题。小语种无法支撑完备的翻译体系、出版体系、研究体系，对思想文化的引进难免力不从心。一个十三亿人口的中国尚且常有出书之难，蒙古出版市场不及中国的百分之一，也就是四、五个县的市场，委实有些太小，难以咽下全世界那么多文化经典。这使我走入乌兰巴托闹市区的书店时，感受到草原文化的缤纷炫目，也感受到起码有学术译介的明显不足。没有笛卡尔全集，没有尼采全集，更没有福柯和普鲁斯特全集，这当然很正常。架上书大多是诗歌（他们主要的写作体裁），大多是配了图画的少儿诗歌（少儿是这里最能形成规模的购书群体），同样也很自然。这使我突然间理解了一切小语种国家知识生产之难——如果不是考虑到这一点，新加坡多年前可能就不会果断恢复中文的地位，韩国知识界近年大概也不会展开讨论：是否需要回归汉文或者索性改用英文？这些深谙洋务的民族终于明白，知识竞争是比资本竞争更为根本性的竞争，丢掉老语种（如中文或拉丁文）就难以充分利用历史资源，没有大语种（如英文、中文或西班牙文）就难以充分利用域外资源。他们选择国语不仅需要捍卫民族尊严，而且须有利于整个国民知识素质的优化，有利于在整个世界知识生产格局中抢占要津——这不是送一些学子出国留学就能奏效的。

　　蒙古人不是新加坡、韩国那些文弱君子，也不大瞧得起南边那种牛马吃草般的素食习俗，还有那种对数字和器物的精明。他们在内心深处是不是想成为下一条经济小龙，也并非不是一个疑问。经济就那么重要吗？技术就那么重要吗？是的，他们使用着很小的语种，在各大文化板块的夹缝中几乎孤立自闭，因此他们在接受日本汽车、韩国商场、美国芯片、中国食品的时候，可能在人文和科学方面留下诸多空白。但那又怎么样？他们可能没有自己的完善工业、强势外交、巨额金元以及足够多的世界级思想领袖，更没有称霸世界的导弹和反导弹系统，但那样的日子就一定黯淡无光？就一天也过不下去？

　　不，与很多人的想象相反，在我看来，蒙古算不上世界上的富强之地，却一定是世界上的欢乐之乡，比如说是歌声、酒香以及笑脸最多的地方。走进这里的任何一扇家门，来人都是贵客。只要席地坐成一圈，大家就成了兄弟姐妹。只要端起一碗奶酒，优美而且不胜其唱的长调便会油然而起。牧人不太喜欢也不太信任没有醉倒的朋友，哪怕是对一个乞丐，也得让你醉成一团烂泥方才满意地罢手。牧人也不太相信自然资源有什么权属，一只鹰或者一只兔子，反正是天地间的东西，只是撞到枪口上了，任何一个过路人都可以入门分享。

　　一个蒙古诗人对我说："你要知道，蒙古人的天是最干净的天，蒙古人的血是最干净的血。"这种强烈的民族自豪感，还有支撑这种自豪感的习俗传统，穿越一个又一个世纪的风霜，居然从未被外来的文化摧毁，很大程度上也避免了现代变革带来的种种心智内伤，比方说避免了一窝蜂"斗私批修"或者一窝蜂"斗公批社"。弗洛伊德、霍布斯、尼采、亚当斯密等等，当上世纪九十年代的中国人被这些思想体系折腾得心事重重和浮躁不宁的时候，陌生的西洋人名与草原照例没有太大的关系。

蒙古同样在进行改革和发展，但他们必然走上自己独特的旅途，仍有一份淳朴和豪放，有一种从容放歌的心胸。

他们是真的想歌唱，真的想用歌声来抚摸遥远的高山和天空。一位副省长，一位司机，一位乡村教师，一位牧羊少年，我所见到的这些人一旦放开歌喉就都成了歌手，卸下了一切社会身份，回归蒙古人两眼中清澈的目光。他们似乎以歌立命，以歌托生，总是沿着歌声去寻找自己的生活，寻找一种只能属于蒙古人的明天。当乌兰巴托街头已经车水马龙，他们也只是把高楼当作新的毡包，把汽车当作新的骏马，把汽油和煤当作新的草料，甚至把多党制的国会当作多部落联合议事的金顶大帐，血管里仍然奔流着牧人们火一样的乐句。

> 养育我的这片土地
> 当我身躯一样爱惜
> 沐浴我的江河水
> 母亲的乳汁一样甘甜
> 这就是蒙古人
> 热爱故乡的人
> ……

我在毡包里学会了这首《蒙古人》。我得承认，我在这里度过了一辈子中唱歌最多的时光，实现了我似梦非梦的天堂之旅。

二〇〇二年九月

万泉河雨季

一

当年农场接到了通知，全县组织革命样板戏移植汇演，各单位必须拿出个节目。场里几个女生奉命开始合计。她们不会唱京剧，又嫌花鼓戏太土，一边铡猪草一边胆大包天地决定：排《红色娘子军》！

样板戏《红色娘子军》是芭蕾剧，是要踮脚的，是要腾空和飞跃的，是体重呼呼呼地抽空和挥发，身体重心齐刷刷向上提升，有点脱离现实从而羽化登仙那种。投入那种舞曲，像剧照里的女主角一样，一个空中大劈叉，后腿踢到自己后脑，不会把泥巴踢到场长大人的脸上去？

我们只当她们在说疯话。不料好些天过去了，几个疯子从城里偷偷摸摸回来，据说在专业歌舞团那里得了真传，又求得姑姑和表哥一类人物的指教，当真要在猪场里发动艺术大跃进。虽然不能倒踢紫金冠，但也咿哒哒咿哒哒地念节拍，有模有样地压腿，好像要压出彼得堡和维也纳的风采。场长不知道芭蕾是何物，被她们哄得迷迷糊糊，说只要是样板戏就行，请两个木工打制道具刀枪，还称出一担茶叶，换来几匹土布，让女生自己去染成灰色，缝制出二十多套光鲜亮眼的红军军装。

好在是"移植"，可以短斤少两七折八扣，高难动作一律简易化，算是形不到意到。县上对演出要求也不高，哪怕你穿上红军服装上台做一套广播操，也不会让人过分失望。《红色娘子军》第四场就这样排成了。万泉河风光就这样第一次出现在我的眼前。作为提琴手之一，我也参与了这次发疯，而且与伙伴们分享了成功。老炊事员的胡子掉了也没被观众计较，党代表的鞋子飞了也没被观众非议，提琴齐奏不小心乱成一锅粥也能热热闹闹混过去，至少没有出现其它公社演出队那样的事故，比如布景突然垮塌，砸得台上的侦察英雄两眼翻白东倒西歪。

哑巴戏也好看，也热闹，农民这样说。我们在县、地两级汇演都拿了奖，又被派往一些工地巡回演出。多少年后，我还记得最后一次演出之后，一片宽阔的湖洲上，突然下起了倾盆大雨，我在一辆履带式拖拉机的驾驶室避雨，见工棚里远远投来的灯光，被窗上的雨帘冲洗得歪歪斜斜。我透过这些滑落的光流，隐约看见伙伴们在卸妆和收拾衣物，在喝姜汤，在写家信。曲终人散，三位主角已被专业艺术团体通知录用，有些人则琢磨着"病退"回城的可能。我们伟大的舞台生涯将要结束了。

我知道粗陋的道具服装将不会再用，上面的体温将逐渐冷却，直到虫蛀或者鼠咬的那一刻。我还知道熟悉的舞乐今后将变得陌生，一个音符，一个节拍，都可能使人恍惚莫名：它与我有过什么关系吗？

我已冻得哆哆嗦嗦。

二

十多年以后，我迁往海南岛，与曾经演奏过的海南音乐似乎没有关系，与很久以前梦境中的椰子树、红棉树以及尖顶斗笠似乎也没有关系——那时候知青时代已经成了全社会所公认的一场噩梦，被人们争相唾弃和忘却。我曾经在琴弦上拉出的长长万泉河，银珠跳动或孤鸟飞掠般的旋律，已在记忆中被删除殆尽。

我是大年初一与家人和朋友一起启程的，不想惊扰他人，几乎是偷偷溜走。海南正处在建省办经济特区的前夕。满街的南腔北调，来自全国各地的青年学子在这里卖烧饼、卖甘蔗、卖报纸、弹吉它、睡大觉，然后交流求职信息，或者构想自己的集团公司。"大陆同胞们团结起来坚持到底，到省政府去呵……"一声鼓动请愿的呼喊，听来总是有点怪怪的，需要有一点停顿，你才明白这并非台湾广播，"大陆同胞"一词也合乎情理：我们确实已经远离大陆，已经身处一个四面环海的孤岛——想到这一点，脚下土地免不了有了船板晃动之感，船板外的未知纵深更让人怯于细想。

"人才"是当时海南民众对大陆人的另一种最新称呼，大概源于"十万人才下海南"的流行说法。同单位一位女子曾对我撇撇嘴："你看那两个女的，打扮得妖里妖气，一看就知道是女人才！"其实她是指两个"三陪女"。"三陪女"也好，补鞋匠和工程师也好，在她看来都是外来装束和外来姿态，符合"人才"的定义。

各种谋生之道也在这里得到讨论。要买熊吗？熊的胆汁贵如金，你在熊身上装根胶管笼头就可以天天流金子了！要买条军舰吗？可以拆钢铁卖钱，我这里已有从军委到某某舰队的全套批文！诸如此类，让人觉得海南真是个自由王国，没有什么事不能想，没有什么事不能做。哪怕你说要做一颗原子弹，也不会令人惊讶，说不定还会有好些人凑上来，争当你的供货商，条件是你得先下定金。

海南就是这样，海南是原有人生轨迹的全部打碎并且胡乱连结，是人们被太多理想醉翻以后的晕眩和跌跌撞撞。

"人才"涌来使当地人既兴奋又惶惑。特别是"女人才"们的一大特点让当地人惊疑不已：她们居然要男友或丈夫干家务：买菜，洗衣，带孩子，甚至做饭和做蜂窝煤，真是不成体统匪夷所思。阿叔，你好辛苦呵！当地男人常常暗藏讥笑和怜悯，对邻家某个忙碌的男人才这样亲切地问候，走过去好远，还回望再三，暗暗庆幸自己没有摊上一个大陆婆。我后来才知道，海南男人一般是不受这种罪的。我后来的后来还知道，个中原因是他们的女人太能干，不光包揽家务，还耕田、砍柴、打鱼、做买卖、遇到战争还能当兵打仗——《红色娘子军》传奇故事发生在这个海岛，纯属普通和自然。

这些海岛女人大多有美艳的名字：海花，彩云，喜梅，金香，丽蓉，明娘，美莲……大方而热烈，热带野生花卉般尽情绽放，不似大陆很多女子名字用意含蓄、矜持、典雅、温良，吞吞吐吐。

这些海岛女人大多还有马来人种的脸型，那种印度脸型与中国脸型的混合，透出热带女人的刚烈和坚强。她们钢筋铁骨，赴汤蹈火，在所有男人们辛劳的地方，都有她们瘦削的身影出没，一个个尖顶斗笠下射出锐利逼人的目光。连满街机动三轮车司机也大多是这些女人，让初来的外地人深为惊讶。热带的阳光过于炽热了。这些司机总是一个个像蒙面大盗，长衣长裤紧裹全身，外加手套和袖套，外加口罩和头巾，把整个脑袋遮盖得只剩下一双闪动的眼睛。这在北国是典型的冬装，在这里却是常见的夏装，是女性武士们防晒的全身盔甲。她们说话不多，要价公道，熟练地摆弄着机器和修理工具，劳累得气喘吁吁，在街角咬一口干馍或者半截甘蔗，出入最偏僻或者最黑暗的地段也无所畏惧。你如果不细加注意，很难辨认她们的性别。你甚至可以想象，如果出于生存的需要，她们挎上一支枪，同样能把武器玩得得心应手，用不着改装就成了电影里那些蒙面敢死队员，甚至眼都不眨，就能拉响捆在自己身上的炸药包，或者敏捷如兔子在战火硝烟中飞跑。

有人说，海南岛以前男人多是出海打鱼或者越洋经商，一去就数月或者数年，甚至客死它乡尸骨无存，家里的全部生活压力只能由女人们承担。也许正是这种生活处境，才造就了她们的吃苦耐劳，也造就了当年的红色娘子军。

这种说法，也许有几分道理。

三

成立于一九三〇年万泉河边的红军某部女子军特务连，还有后来的第二连，作为"红色娘子军"共同的生活原型，曾经历过惨烈的战斗，比如在马鞍岭尸横遍野。一个个女兵被开膛破肚，但有的手里还揪着敌人一把头发。另一个女兵被割下头颅，但她嘴里还咬着敌人一只耳朵。她们也曾经历过残酷的内乱，在丁狗园等地遭遇风云突变，忍看成批的战友一夜之间成了AB团、取消派或者社会民主党，成了内部肃反的刀下冤魂。

当革命的低潮到来，更严峻的考验出现了。队伍离散之后，生活还在进行。有的在刑场就义，有的蹲在感化院，更多的是自谋生路，包括在媒婆撮合之下嫁人成家，其中一部分成了官太太和地主婆。有些官太太和地主婆在日后的抗日斗争中又为国捐躯——没有人来指导和规划她们的人生，人生只是在风吹浪打之下的漂泊。这样的生活当然不是时时充满诗意，不是出演在舞台的聚光灯下，出演在管弦乐队的旋律中，更没有仿《天鹅湖》少女们轻盈而细腻的舞步。但这种没有诗意的生活，真实得没有一分一秒可以省略。特别是在娘子军被迫解散以后，女人们回到世俗生活，面对更复杂而不是简单的冲突，投入更琐屑而不是痛快的拼争，承受更平淡而不是显赫的心路历程，也许会付出更为沉重的代价，只是这些代价不再容易进入舞台。

她们在清理战场的时候，发现一个个牺牲的战友，忍不住号啕大哭。一位血肉模糊的伤员，却没有任何遗憾和悲伤的泪水，临死前只有一个小小请求，请姐妹们给她赤裸身体盖上一件衣衫，再给她戴上一只铜耳环——这是她生前最隐秘也最渺小的愿望。老阿婆讲述的这件往事，可惜没有进入样板戏，因为在生产样板戏的那个年代，人情以及人性是不可接受的，像耳环这样的细节总是让当时的文艺家们避之不及。恰恰相反，样板戏把敌我双方的绝对魔化或绝对神化，已到了极端的地步。

在这种情况下，一个极富讽刺性的效果，是样板戏《红色娘子军》风靡全国之际，却是大多数当事人大为恐慌之时，大喇叭里熟悉的音乐总是让她们心惊肉跳，把她们推向严厉的政治拷问：你不就是当事人吗？奇怪，你为什么没有在战场上牺牲？为什么好端端地活到了今天？哪怕你当年没有在感化院写过忏悔书，哪怕你后来也没有当过官太太和地主婆，但你是不是隐瞒了其它历史污点？你至少也是个胆小鬼没有将革命进行到底吧？……面对这样的质问，没读过多少书的女人们有口难辩，也找不到什么证据来证明历史远比舞台剧情更为复杂。

于是，她们只能为自己历史上真实或虚构的污点长久赎罪。涉及到娘子军的政治冤案，在海南岛随处可闻，直到上世纪八十年代初才得以陆续平反。

在一个乡村福利院，我参加了春节前夕慰问孤老们的活动，事后散步到后院，闻到了一丝怪味。循着这股怪味，我来到了一孔小小的窗口，发现厕所边的一间小屋里，一条赤裸的背脊蜷曲在凉席上，上身成了一个骨头壳子，脑袋离骷髅状态已经不远，掩盖下体的絮被已破烂如网，床头只有半碗叮满苍蝇的剩饭，浓浓恶臭就是从这里扑面而出——大概是管理员好多天都捏着鼻子不敢进去清扫了。

我看见了耳朵上的一只耳环，才发现这是一个人，一个女人，但门窗上都有封锁空间的粗大木头，如同在对付一只猛兽。人们告诉我，这就是一个"文革"中被专案组逼疯的阿婆，娘子军的什么班长，眼下虽已获得平反，但疯病没法治好了。平日关住她，是怕她乱跑。

你们到前厅去喝茶吧，喝茶吧。管理员这样说。你们没必要慰问她，反正她什么也不明白的。

呵呵，这没有什么好看的。另一个人说。

我心里一沉，突然想起了少年时代的演出，想起了舞台上雨过天晴的明丽风光里，那些踮着脚尖移动的女兵，朝红旗和彩霞碎步轻轻地依偎过去，再依偎过去……我站在这个故事延伸到舞台以外的一个遥远尽头，不知道自己今后还能不能平静如常地回首那如幻天国。万泉河，特别宁静和清冽的水，从五指山腹地的雨季里流来，七滩八湾，时静时喧，两岸很少有村落和人烟，全是一匹匹移动的青山，是茂密的芭蕉叶和棕榈树的迎送，是它们肥肥大大的绿色填埋在水中。你在船头捧起一捧河水，无法打捞沉积了千年的绿色，只有一把阳光的碎粒在十指间滑落，滴破你自己的倒影。

四

我在海南省Ａ县生活过一年，经常走过城中心红色娘子军沉默的石头塑像，看见塑像下常有两个卖甘蔗的女孩，有时还有几个老人在地上走棋。这里是万泉河下游，从上世纪九十年代开始，成为了旅游观光业开发的目标。日本的、台湾的、香港的、海南的开发商在这里升起一座座星级酒店，带来了熙熙攘攘的人流与车流，也带来了大批浓涂艳抹的女子，给空气中增添一些飘忽身影，一丝丝暧昧和诱惑的香水味。

一般来说，她们在白日里隐匿莫见，到夜里才冒出来，四处招摇，装点夜色。如果临近深夜，她们觉得业务还无着落，就如同热锅上的蚂蚁到处乱蹿。游人的汽车还没有停稳，她们的利爪可能已经伸入了车窗；游人刚进入客房，她们猖狂的敲门或电话可能接踵而至，甚至一头冲进门来赖在床上，怎么也轰不走。她们尖利的怒目，此时总是投向进入男人身边的女人，把漂亮脸蛋当作最大的灾星和仇敌，或当作越界入侵者。她们用外地口音大喊："哪来的骚货？这样不懂规矩？他娘的把她打出去……"

"解放海南要靠红色娘子军，建设海南要靠黄色娘子军"，这一类戏语到处流行——虽然流莺飞燕在海南以外的地方同样不少，虽然海南女子倒是极少与之为伍——她们再穷也自有不娼不丐的特殊传统。

"扫黄"的运动说来就来。一到这时候，风尘女们作鸟兽散，待风声过去，又偷偷地挎着小皮包聚合起来，在角落里忙着描眉眼抹口红，一堆大陆口音叽叽喳喳，俄罗斯或者越南的女子可能也混迹其中。在她们的出没之处，其实还有一些身份不明的人，隐伏在不远处的茶馆里或者大树下，喝茶，抽烟，打牌，睡觉，聊天，打游戏机，看录相带，不时放出一个长长的哈欠。他们衣冠楚楚，不是打工者，不是游客，但总是在这里游荡，每天要做的事情似乎只有一件：收钱——等着某个女子把赚来的咸钱送到他们手里，让他们点数，由他们拿去吃喝。让人迷惑的是，有些女子居然把这个程序完成得急不可耐，票子还没有在手里捏热，就会气喘吁吁地跑来上缴，兴奋得像要及时入库，然后忙不迭地再投入新的拉客卖身。

我很晚才察觉到这些隐身的小白脸，也无法不为之惊讶。这些吸血鬼居然不承认自己下流，按照他们的说法，别人谋生只需要投入资本或者体力，他们可不一样，付出的代价太沉重了，因为他们付出的是感情，准确地说，是爱情。他们脸上挤出一丝坏笑，常常拍着胸脯向你保证，他们是那些风尘女的情人，给她们感情的慰藉和未来的寄托，包括在她们哭泣的时候去擦擦眼泪，在她们病倒的时候去找找游医，在她们被警察抓走以后去交钱赎人……这桩桩事都容易吗？不容易的。因此他们是见义勇为，舍己利人，因此收入合理，毫不在乎"吃软饭"、"放鸽子"一类恶名，不在乎世人对他们的鄙薄——碰到这样的房东或者邻居，他们缩头缩脑，脸上有讨好巴结的谄笑，能躲多远就躲多远。但他们从不会真正地自卑，甚至觉得你们这些打工者和生意人算什么东西？哪有他们的一份轻松和潇洒？

他们也许曾让自己的女人生疑，但女子们沦落如此还能有什么别的指望？而一种毫无指望的日子是否过得下去？爱是女人之魂。生活中一个哪怕最卑微的女人，一个对世界万念俱灰的女人，也不能没有"爱"这个最为脆弱的死穴。即使没有可靠的家，一个虚幻承诺也常常可以成为她们的镇痛毒药。有一天，一个怒气冲冲的男人赶来，把自己的女人从嫖客怀抱里拉出来，揪住她的头发，狂扇她的耳光，猛踢她的胸脯和屁股，然后把她像只死狗一样拖向归程——这个女人立刻受到了同业姐妹们的羡慕，甚至让她们感动得热泪盈眶。至于她们自己，当然得现实一点了，既然无缘这种幸福的惨遭暴打，无缘这种光荣的口吐鲜血与遍体鳞伤，那么男人的唬弄也只能让她们弃之不忍。

一位警察告诉我：在这些女人中间，大约七成受到这种荒唐盘剥。这位警察还让我惊讶地得知，一些未能养上"鸽主"的女子，甚至会觉得前途渺茫，至少在同伴面前脸上无光，会急切地寻找与攀比，真是邪门了。她们常常倾其所有，数万元乃至数十万元地甩出去，供养一个几乎注定无法兑现的承诺。

一个脂粉凌乱的疯女人走过来了，又哭又笑的，嘴上有明显的血痕，短裙子被撕破，脚下的高跟鞋只剩下一只。她一见黑色小汽车就扑上去，像只彩斑壁虎死死贴在前窗上，对着车里人大喊"我没有存折我没有存折！"……

没有人知道这只"壁虎"后面的故事。

也没有人把她领入医院或者领回家门，更没有一支姐妹们组成的军队前来为她复仇——眼看就要天黑了，雨点正在飘落，热带雨季的阵雨总是准时抵达。在一个和平的、世俗的、市场化的逐利时代，革命已经远去，嘹亮的军号声已经没入宁静，没有人愿意多管大街上的闲事，包括为一个下贱的疯女人停下步来——虽然她们承担过各种暧昧的收费和罚款，让某些地方官员享受着财政收入的增加；虽然她们曾经为很多商家争来客源或取悦贵客，提供过金灿灿的大把利润；虽然她们还一次次被文人们津津乐道地写进作品，承受着先锋们欲望的发泄，包括性奴的苦楚已被描写成性解放的狂欢。法国最近一本特别走红的小说，除了痛斥伊斯兰教，就是盛赞泰国及其它发展中国家的色情业：真是美妙的全球化呵，既能缓解欧美中产阶级的性苦闷，吸收掉这个世界上太多危险和无聊的荷尔蒙，又能给世界上的贫困地区和贫困阶层增加收入，岂不是最符合人性？凭什么要受到伪善者的指责？

一位著名的中国理论家也在立论，一心证明"红灯区"的重要意义：旅馆业、餐饮业、娱乐业、美容业、交通业、服装业、医药业乃至银行业，无不受到这一行业强有力的拉动，而资金由富区流向穷区或者由富人流向穷人，还有哪一个渠道比女人的肉体更高效和更平稳呢？

就在不久前，革命因压抑人性蒙受恶名。某书记对女知青的诱奸，某政委对女演员的逼婚，都是一桩桩触目铁证，使新派人士们悲潮滚滚，把栏杆拍遍，将所有阶级姐妹都牵挂心头，恨不能拔剑出征替天行道。奇怪的是，他们中间的很多人，眼下面对灯红酒绿里的日常强暴却总是心平气和通情达理，对社会上流行的鸨婆哲学也总是及时理解。喜儿不从黄世仁，琼花反抗南霸天，在他们看来甚至纯属不智与多余。他们已经展开理论上大规模的宽容，让诱奸和逼婚合理化。只要把压迫者的鞭子，由权力换成了金钱就行——这只是因为他们过去未曾获取权力，没混成什么书记或者政委。

在他们看来，人性当然是重要的，但与卑贱者无关。

五

又是十多年过去了。回到内地的一天，一位朋友拉我去看再度上演的《红色娘子军》。这位朋友也曾在海南打拼，办过一个农场，后来被一场台风吓得屁滚尿流。他一出门，几百颗扑面而来的沙粒就射进了他的皮肉，到医院手术台上把一颗颗沙粒从肉洞里夹出来，竟花了血淋淋的整整六个小时。他说海南的雨季太潮湿了，台风实在太可怕了，你在那破地方还混个什么劲儿？

大幕徐徐拉开。惨淡阴森的灯光下，水牢情景浮现，镣铐的金属声哗啦作响，满身鞭痕的女主角缓缓起舞，在聚光灯下用每一个细胞挣扎，用每一个骨节悲诉，向一个她看不见的上空伸出空空双手……在这个舒适的大剧院里，看得出，那是一双没有挨过鞭打的手，纤细，柔软，瘦弱，嫩滑，也许只适合掩口浅笑或月下拈花，或泡在什么品牌洗浴液里。

接下来是四个女奴的中板群舞。年轻演员们个头高挑，技巧娴熟，对肢体应该说有足够的控制，但看上去仍是柔弱无骨，缺乏岩层般的粗粝和刚强，即便一齐举臂显露出身上条条鞭痕，但那红色分明不是鲜血而是人体秀的油彩。她们给人失真的感觉，串味的感觉，不时透出华尔兹或者伦巴的风韵。再接下来，红色娘子军的群舞也好不了多少。一群热带丛林里的伪奴隶，倒像是一群香港太太或者纽约洋妞，搬弄着她们十分陌生的大刀和步枪，表达着她们十分隔膜的忧伤和愤怒。

但还是有很多人鼓掌。

女奴们用手臂挡住鞭击从而让琼花死里逃生的时候，孤苦无告的琼花被女兵们如林双手热情接纳的时候，琼花来到政委就义现场找不到身影于是向空无四周一遍遍追问和悲诉的时候……生死相依的情景，义重如山的表达，如此久违与罕见，暗暗击中了观众们的震惊。剧场在升温，爆发出潮水般的掌声，并且有一种反常的经久不息。连我身边的朋友也拼命鼓掌，只是事后说不清自己为什么激动——他说他还哭了，却不明白一个"KTV"常客，一个差不多劣迹斑斑的老色鬼，今夜泪水为何而流。

我发现不少人都在泪眼花花。

对新一代演员的挑剔，对当年样板戏政治背景的警觉，似乎都足以取消鼓掌的理由。但我无法否认的是，当熟悉的乐浪在我体内呼啸，当舞者的手足一一到达我视野中预期的区位，这出观看过好多回的芭蕾剧，眼下还是给我一种初看的新鲜。它不再是威严样板，不再当红与流行，在今天甚至退到了边缘位置，于是刺目的强光熄灭，让人们得以睁开双眼，重新将其加以辨认。我似乎惊讶地发现，这个故事中的人性其实比我料想的要多得多，比我料想的要温暖得多。

这个作品不是曾经用刀枪吓坏过很多温良人士吗？如果高举刀枪有违人性，那么在你陷入恶棍围剿的时候他人统统袖手旁观倒成了人性？如果奴隶造反有违人性，难道在你横遭欺诈或暴虐的时候他人转过头去伴大款拍马屁倒成了人性？今天不会有太多的人，会为一个烈士的献身而苦苦痛泣；不会有太多的人，会把人间的骨肉情义默默坚守心底。如果——如果——如果这种痛泣和坚守都已陈腐可笑，那么我们是否只能把面色紧张的贪欲发作当成伟大的人性解放？或者，引起革命的压迫与剥削，革命所力图消除的压迫与剥削，在今天是否正成为人性复归的美妙目标？

也许我已经老了，见过了太多人事，于是弦惊之处忍不住鼻酸，似乎为不能确定身份和不能确定面目的什么人伤心——你是谁？你就是那个我一直熟悉但从未见过面的你吗？那个我一次次错过的你吗？今天还有多少人愿意挺身而出挡住落向你的皮鞭？今天还有多少人愿意伸出援手将走投无路的你接纳和庇护？也许，你不必过于悲伤和绝望，你至少还能听到掌声，听到四面八方经久不息的掌声，再一次在剧场里实现对革命的重申。革命是什么？革命确实是仇恨，是暴乱，是狂飙，是把天捅下来，但革命无非是暗无天日之时人性的爆发，是大规模恢复人性的号令和路标，因此也是一切卑贱者最后的权利——虽然革命大旗下同样可能重现罪恶，常常使革命变得面目不清，让回望者难以言说。

我也无话可说。

我擦擦眼角，止住一颗下滑的泪水。

二〇〇三年四月

笛鸣香港

进入香港后的第一印象，就是不少高楼瘦长如棍，一根根戳在那里顶着天，让观望者悬心。

在全世界都少见这种棍子，这种用房屋叠出来的高空杂技。它们扛得住地震和狂风吗？那棍子里的灯火万家，那些蛀入了棍子的微小生物，就不曾惊恐于自己的四面临虚和飘飘欲坠？

我这次住九楼，想一想，才爬到棍子的膝部以下，似乎还有几分安稳。套间四十多平米，据说市值已过百万。家居设施一应俱全，连厨房里的小电视和小花盆也不缺。但卧房只容下一床，书房只容下一桌一椅，厨房更是单人掩体，狭窄得站不下第二人。我洗完澡时吓一大跳，发现客厅里竟冒出陌生汉子。细看之后才松了口气，发现对方不是强盗，不过是站在对角阳台上的邻居，透过没挂上窗帘的玻璃门，赫然闯入我的隐私。

他不在客厅里，但几乎就在客厅里，朝我笑了笑，说了句什么，在玻璃门外继续浇洒自家的盆花。

他是叫海伦还是汤姆？

我不知该如何招呼。

港人多有英文名字——多族裔机构里的职员更是如此。这些海伦或者汤姆在惜地如金的香港，如果没有祖传老宅或千万身家，一般都只能钻入这种小户型，成天活得蹑手蹑脚和小心翼翼，在邻居近如家人的空间里，享受着微型的幸福与自由。也许正是这一原因，港人们擅长螺丝壳里唱大戏，精细作风举世闻名。在这里，哪怕是一条破旧的小街，也常常被修补和打扫得整洁如新。哪怕是廉价的一碗车仔面或艇仔饭，也总是烹制得可口实惠。哪怕是一件不太重要的文件副本，也会被某位秘书当成大事，精心地打印、核对、装订、折叠、入袋、封口……所有动作都是一丝不苟按部就班，直至最后双手捧送向前，如呈交庄严的国书。

正因为如此，香港缺地皮，有世界上最大的人口密度、高楼密度、汽车密度，却仍是很多人留恋的居家福地。海伦们和汤姆们，即自家族谱里的阿珍们和阿雄们，哪怕在弹丸之地也能用一种生活微雕艺术，雕出了强大的现代服务业，雕出了曾经强大的现代制造业，雕出了或新潮或老派的各种整洁、便利、丰富、尊严、以及透出滋补老汤味的生活满足感。毫无疑问，细活出精品，细活出高人，各种能工巧匠应运而生，一直得到外来人的信任。有时候，他们并不依靠高昂成本和先进设备，只是凭借一种专业精神与工艺传统的顽强优势，也能打造无可挑剔的名牌产品——这与内地某些地方豪阔之风下常见的马虎、潦草以及缺三少四，总是形成了鲜明的对照。

一些称之为Mall的商城同样有港式风格。它们是巨大的迷宫，有点像传统骑楼和现代超市的结合，集商铺、酒店、影院、街道、车站、学校、机关以及公园于一体，勾心斗角，盘根错节，四通八达，千回百转，让初来者总是晕头转向。它们似乎把整个城市压缩在恒温室内，压缩成五光十色的集大成。于是人们稍不留心，就会错觉自己在酒店里上地铁，在商铺里进学堂，在官府里选购皮鞋。想想看，这种时空压缩技术谁能想得出来？这种公私交集、雅俗连体、五味俱全、八宝荟萃、各业之间彼此融合、昼夜和季节的界限消失无痕的建筑文化，这种省地、节材、便民、促销的建筑奇观，在其它地方可有先例？

一代代移民来到这里打拼，用影碟机里"快进2"或"快进4"的速度，在茫茫人海里奔走，交际，打工或者消费，哪怕问候老母的电话也可能是快板，哪怕喝杯奶茶或拍张风景照也可能处于紧急状态。"你做什么？""你还做什么？""你除了这些还做什么？"……熟人们经常一见面就劈头三问，不相信对方没有兼职和再兼职，不相信时间可以不是金钱。显然，这种忙碌而拥挤的社会需要管理，近乎狂热的逐利人潮需要各种规则，否则就会乱成一团。十九世纪末的英国人肯定看到了这一点。他们面对维多利亚港湾两侧乱哄哄黑压压的殖民地，面对缺地、缺水、缺能源但独独不缺梦想的香港，不会掏出什么民主，却不能不厉行法治。他们把香港当作一个破公司来治理。米字旗下的建章立制、严刑峻法、科层分明、令行禁止，成了英伦文化在香港最需要也最成功的移植。"政府忠告市民：不要鼓励行乞！"这种富有基督新教色彩的警示牌，大悖东方佛家与道教的理法，也从欧洲舶来香港街头。

一次很不起眼的招待会，可能几个月前就开始预约和规划了。电话来又电话去，传真来又传真去，快递来又快递去，参与者必须接受各种有关时间、地点、议题、程序、身份、服装、座位、交通工具、注意事项之类的敲定。意向申明以后还得再次确认，传真告知以后还得书函告知，签了一次字以后还得再签两次字，一大堆文牍来往得轰轰烈烈。不仅如此，一次主要时间只是用于交换名片、介绍来宾、排队合影再加几句客套话的空洞活动结束之后，精美的文牍可能还会尾随而至：关于回顾或者致谢。

不难想象，应付这种繁重的文牍压力，很多人都需要秘书。香港的秘书队伍无比庞大当然事出有因。

也不难想象，港人在擅长土地节约之余，却习惯了秘书台上日复一日的巨量纸张耗费，让环保人士愤愤不满。

但没有文牍会怎么样？

口说无凭，以字为据。没有关于招待、合同、动议、决策、审计、清盘、核查、国际商法等方面的周到字据，出了差错谁负责？事后如何调查和追究？追究的尺度和权利又从何而来？……从这种意义来说，法治就是契约之治，就是必须不断产生契约的文牍之治——虽然文牍癖也有闹过头的时候，比方说秘书们为某些小事累得莫名其妙。

车载斗量的文牍，使香港人几乎都成了契约人，成了一个个精确的条款生物和责任活体。考虑到这一点，在庞大秘书行业之后再出现庞大的律师队伍之类，出现数不胜数的诉讼和检控，大概也不难理解了。

有一位老港人向我抱怨，称这里最大的缺点是缺乏人情，缺乏深交的朋友。光是称呼就得循规蹈矩不得造次：Mister，先生就是先生；Doctor，博士就是博士；Professor，教授就是教授——大学里的这三个称呼等级森严，不可漏叫更不可乱叫，以至只要你今天退休，你的"×教授"称呼明天立马消失，相关的待遇和服务准时撤除，相处多年的秘书或工友也忽如路人，其表情口气大幅度调整。这种情况——包括不至于这般极端的情况——当然都让很多大陆人和台湾人深感不适，免不了摇头一叹：人走茶凉呵。

但人走茶凉不也是法治所在么？倘若事情变成这样：人走了茶还不凉，人不在位还干其政，还要来看文件，写条子，打电话，参加会议，消费公款，甚至接受前呼后拥，有关契约还有何严肃性和威慑力？倘若人没走茶已凉，人来了茶不热，有些茶总是热，有些茶总是凉……那么谁还愿意把契约太当回事？

契约人就不再是自然人，须尽可能把感情与行为一刀两断，用条款和责任来约束行为。这样，缺乏人情是人生之憾，却不失为公法之幸，能使社会组织的机器低摩擦运转。面子不管用了，条子不管用了，亲切回忆什么的不管用了，虽然隐形关系网难以根除，但朋友的经济意义大减，徇私犯科的风险成本增高。香港由此避免了很多乱相，包括省掉了大批街头的电子眼，市政秩序却井井有条，少见司机乱闯红灯，摊贩擅占行道，路政工人粗野作业，行人随地吐痰、乱丢纸屑、违规抽烟，遛狗留下粪便……官家的各种"公仔（干部）"和"差佬（警察）"也怯于乱来。哪怕是面对一个最无理的"钉子户"，只要法院还未终结诉讼，再牛的公共工程也奈何它不得。政府只能忍受巨大预算损失，耐心等上一年半载，甚至最终改道易辙。

因为他们都知道，法治治民也治吏。违规必罚，犯禁必惩，一旦出了什么事，就有重罚或严刑在等着，没有哥们儿或姐们儿能来摆平，也难有活菩萨网开一面。那么，哪个鸡蛋敢碰石头？

无情法治的稍加扩展就是无情人生——或者这句话也可反过来说。

这样，人情与秩序能否兼得？在难以兼得之时我们又如何痛苦地选择？

这当然是一个问题。说起来，香港人并非冷血，每日茶楼酒馆里流动着的不全是社交虚礼，其中很大一部分仍是友情。特别是节假日里，家庭成了人性取暖的最佳去处，合家饮茶或合家出游比比皆是，全家福的图景随处可见，显现出香港特别有中华文化味道的一面。父慈子孝，夫敬妇贤，其情殷殷，其乐融融，构成了百姓市井的亲情底色。

这些人不习惯西服革履，更喜欢休闲便装；不习惯道貌岸然，更愿意小节不拘自居庸常——包括挂着小腰包光顾赛马场和彩票。与之相联系的是，他们的阅读大多绕开高深，指向报上的地方新闻和娱乐八卦，还有情爱和武侠的小说。他们使用着最新款的随身听、数码相机、MP4、便携宽频多媒体，但大多热心于情场恩仇和商界沉浮一类粗浅故事——这是通俗歌曲和通俗电影里的常见内容。内地文化人对此最容易耸耸肩，摇摇头，讥之为"文化沙漠"。其实这里图书、音乐、书画、电影的同比产出量绝不在内地之下，大量人才藏龙卧虎。稍有区别的是，他们的文化主题常常是"儿女情"而非"天下事"，价值焦点常常落在"家人"而不是"家国"，多了一些就近务实的态度，与内地文化确实难以全面接轨。黄子平教授在北京大学做报告的时候，强调香港文学从总体上说最少国家意识形态，是一个特别品种，值得研究者关注。据他说，学子们对这个话题曾不以为然。

学子们也许不知道，他们与大多港人并没有共享的单数历史。在百年殖民史中，港英当局管理着这一块身份暧昧的东方飞地，既不会把黄肤黑发的港人视为不列颠高等同胞，也不愿意他们时常惦记自己的种族和文化之根，那么让他们非中非英最好，忘记"国家"这一码事最好——这与一个人贩子对待他人儿女的态度，大体相似。这种刻意空缺"国家"的教育，一种大力培养打工仔和执行者而非堂堂"国民"的百年教育，也许足以影响几代人的知识与心理。

再往前看，香港自古以来就是天高皇帝远，"帝力于我何有哉？"

这里的先辈们难享国家之惠，也少受国家之害，遥远朝廷他们眼里实在模糊。当中原族群反复受到外来集团侵掠或统治，那里的国家安危与个人的生死荣辱息息相通，国与家关系密切，一如杜甫笔下的"国破山河在"多与"家书抵万金"相连。这是一种整体利益与个体利益高比率重叠的状态，忧国、思国、报国之情自然成了文化要件，"修齐"通向"治平"的古训便有了更多日常感受的支持，有了更强的逻辑力量。与此不同，香港偏安岭南一角，面对大海朝前望去，前面只有平和甚至虚弱的东南亚，一片来去自由、国界含混、治权零乱的南洋。在这样的地缘条件下，如果不是晚近的鸦片战争、抗日战争以及九七回归，他们的心目中那个抽象的"国家"在哪里？"国家"对于老百姓的衣食住行有多少意义？

大多数港人也修身，也齐家，但如果国家若有若无，那么"治国平天下"当然就不如"治业赚天下"更为可靠实用了。这样，他们精于商道，生意做遍全球，但不会像京城出租车司机们那样乐于议政，不会像中原农民们那样乐于说古。内地文化热点中那些宫廷秘史、朝代兴衰、报国志士、警世宏论、卫国或革命战争的伟业，在这里一般也票房冷落。国家政治对于很多港人来说是一个生疏而无趣的话题。更进一步说，如果国家的偶尔到场，不过是用外交条约把香港划来划去，使之今天东家，明天西家，今天姓张，明天姓李，一种流浪儿的孤独感也不会毫无根由。

殖民地都是精神和文化的流浪儿——香港不过他们中比较有钱的一个。想一想，这个流浪儿是应该责难还是应该抚慰？他们的文化在经受批评之前是否应该先得到几分理解？

一九九七年，很多港人在五星红旗下大喊一声"回家啦——"但这个家，对于他们来说还是比较陌生，比如有相对的贫穷，有较多的混乱和污染，有文化传统中炽热的国家观和天下观。但无论人们是珍爱这个家还是厌恶这个家，"国家"终于日渐逼近，不可回避了。

世界上并非所有人都有国家意识，都需要国籍的尊严感和自豪感。诗人北岛说，他曾经遇到一个保加利亚人。那人说保加利亚乏善可陈，从无名人，连革命家季米特洛夫还是北岛后来帮对方想起来的。但那人觉得这样正好，更方便他忘记自己的国族身份，从而能以世界文化为家。出于类似的道理，多年来几无国家可言的港人，是否一定需要国家这个权力结构？他们下有家庭，上有世界，是否就已经足够？他们国土视野和国史缅怀的缺失，诚然收窄了某种文化的纵深，但是否也能带来对狭隘国家主义的避免？……

无可选择的是，国家是现代共同体的基本形式。历史上的国家功罪俱在，却从来不是抽象之物，不全是旗帜、帽徽、雕像、诗词、交响乐、博物馆、哲学家们的虚构。对于一九九七以后的很多港人来说，即使抗英、抗日的伤痛记忆已经淡薄，即使内地输血香港的贸易秘密被长期掩盖，但国家也不仅仅意味着电影里的"内战"和书刊里的"文革"，而有了电影与书刊以外的更多现实内容。国家是化解金融危机时的巨额资金托市，是对数千种产品的零关税接纳，是越来越值钱的人民币，是越来越有用的普通话，是各种惠及特区的人才输入、观光客输入、股市资金输入、高校生源输入、廉价资源产品输入……一句话，国家是这里日常生活的一部分，正在成为真切可触的利益，正在散发出血温。

即便有些人对这一切不以为然，即便他们还是贬多褒少，但无论褒贬都透出更多北向的关切，与往日的两不相干大为异趣了。即便有些港人还不时上街呛声某些中央政策，但这种呛声同样标示出关切的强度。

汶川大地震后，我立在香港某公寓楼的一扇窗前，听到维多利亚港湾里一片笛声低回，林立高楼下填满街道的笛声尖啸，哀恸之潮扑面而来。各个政党和社团的募捐广告布满大街，各大媒体的激情图文和痛切呼吁引人注目，学生们含着眼泪在广场上高喊"四川坚强"和"中国坚强"，而高楼电子屏幕上的赈灾款项总数纪录，正以每秒数十万的速度不断跳翻……这一刻，我知道香港正在悄悄改变，一块殖民地的心灵流浪大概行将结束。

我隔着宽阔海面遥望港岛，那一片似乎无人区的千楼竞起，那一片形状各异的几何体，如神话中寂静而荒凉的巨石阵。

我知道那里有很多人，很多陌生而熟悉的人，只是眼下远得看不见而已。

二〇〇八年六月

岁末恒河

出访印度之前，新德里烧了一次机场，又爆发登革热，几天之内病死者已经过百，入院抢救的人则数以千计，当局不得不腾出一些学校和机关来当临时的医院。电视里好几次出现印度军警紧急出动在市区喷洒药物的镜头，有如临大敌的气氛。

我被这些镜头弄得有些紧张，急忙打听对登什么热的预防办法。好在我居住的海南岛以前也流行过这种病，只到近十来年才差不多绝迹，但对这种病较有经验的医生还算不少。一位姓凌的医生在电话里告诉我，登革热至今没有疫苗，因此既不可能打预防针，也没有什么预防口服药品可言。考虑到这种病主要是靠一种蚊虫传染的，那么唯一的预防之法，就是长衣长裤长袜，另外多带点防蚊油。

新德里的深秋，早晚气温转凉，长衣长裤长袜已可以接受。但我没有料到，紧紧包裹全身再加上随身携带的各种防蚊药剂，用来对付印度蚊子仍是防不胜防。星级宾馆里一切都很干净，只要多给点小费，男性侍者的微笑也应有尽有。但不管有多少笑脸，嗡嗡蚊声仍然不时耳闻，令人心惊肉跳，令人心里"登革"。有时，几位同行者正在谈笑，一些可疑的尖声不知从何处飘忽而近，众人免不了脸色骤变手忙脚乱地四下里招架，好端端的一个话题不得不中止和失散。

出于一种中国式的习惯，我对眼前的飞蚊当然决不放过。有意思的是，我出手的动作总是引来身旁印度人惊讶和疑惑的目光，似乎我做错了什么。

中国大使馆的官员给我们准备了防蚊油，并且告诉我们，印度是一个宗教国度，大多数人都持守戒杀的教规，而且将大慈大悲惠及蚊子。蚊子也是生命，故可以驱赶，但断断不可打杀。对于我两手拍出巨响的血腥暴行，他们当然很不习惯。

我这才明白了他们一次次惊讶和疑惑地回头。

也明白了登革热的流行。

生活在印度的蚊子真是幸福。但是，蚊子们幸福了，那一百多条死于登革热的人命怎么说呢？人类当然可以悲怀，悲怀一切植物、动物乃至动物中的蚊子，但人类有什么理由不悲怀自己的同类？为什么可以把自己积善的纪录看得比同类的生命更为重要？

在印度，不仅蚊子，人类以外的其他各种活物也很幸福。新德里街头常有呼啦啦的猴群跳踉而过，爬到树上或墙上悠闲嬉耍。每一片绿荫里也必有松鼠到处奔蹿，有时居然大摇大摆爬上你伸出的手掌。还有潮水般的雀鸣鸦噪，似乎从泰戈尔透明而梦幻的散文里传来，一浪又一浪拍打着落霞，与你的惊喜相遇。你无论走到哪里，都似乎置身于一个天然的动物园，置身于童话。不必奇怪，你周围的众多公共服务机构也常有一些童话式的公告牌："本展览馆日出开门，日落关门。"这种时间表达方式与钟表无关，只与太阳有关，早已与新闻、法律、教材以及商务文件久违，大有一种童话里牧羊人或者王子的口吻。

地球本来是各种动物杂处的乐园，后来人类独尊，人类独强，很多地方的景观才日渐单调。我在中国已经很少听到鸟叫。那些儿时的啁啁啾啾——熄灭，当然是流失到食客们的肠胃里去了，流失到中国人花样百出的冷盘或火锅、蒸笼或烤炉里去了，流失到遍布城乡灯红酒绿热火朝天的各色餐馆里去了。中国人真是能吃。除了人肉不吃，什么都敢吃，什么都要吃。一个宗教薄弱的世俗国家，一个没有素食传统的嗜肉性大众，红光满面大快朵颐成了人际交往的普遍表情。人们正在吃得一个又一个物种几近绝迹，随着食文化的发达繁荣，眼看着连泥鳅、青蛙一类也难于幸免。我一位亲戚的女儿，长到八岁，至今也只能在画册上认识蝌蚪。

印度也是一个人口大国，但绝无中国这么多对于动物来说恐怖万分的餐馆。这当然让刚到此地的中国人不大习惯，有时候搜寻了几条街，好容易饥肠辘辘地找到了一家有烟火味的去处，菜谱也总是简单得让中国食客们颇不甘心。牛是印度教中的圣物，不论野外有多少无主的老牛或肥牛，牛肉是不可能入厨的。由于受伊斯兰教的影响，猪肉也是绝大多数餐馆的禁忌。菜谱上甚至极少见到鱼类，这使我想起了西藏人也不大吃鱼，两地的习俗不知是否有些关联？可以想见，光是有了这几条，餐桌上就已经风光顿失，乏善可陈，更不可能奢望其他什么珍奇荤腥了。在这样一个斋食和节食几乎成为日常习惯的国家，我和朋友们不得不忍受着千篇一律的面饼和面饼和面饼，再加上日复一日拿来聊塞枯肠的鸡肉。半个月下来，我们一直处在半饥饿状态，减肥的状态，眼球也叭哒叭哒似乎扩张了几分。

咽下面饼的时候，不得不生出一个疑问：印度的军队是不是也素食？如果是，他们冲锋陷阵的时候是否有点力不从心？印度的运动员们是不是也素食？如果是，如何能保证他们必要的营养和热量？如何能保证他们的体能，足以抗衡其他国家那些牛排和猪排喂养出来的虎狼之师？难怪，就在最近的一次世界奥运会上，偌大一个印度，居然只得了一块奖牌。这一可悲的纪录原来让我百思不得其解，现在倒让我觉得顺理成章。

也许，素食者比较容易素心——相当多数的印度人与竞技场上的各种争夺和搏杀，一开始就没有缘分。

他们看来更合适走进印度教、伊斯兰教、佛教的寺庙，在那里平心静气，无欲无念，从神主那里接受关切和家园。当他们年迈的时候，大概就会像我所见到的很多印度老人，成为一座座哲学家的雕像，散布在城乡各地的檐下或路口。无论他们多么贫穷，无论他们的身体多么枯瘦衣着多么褴褛，无论他们在乞讨还是在访问邻居，他们都有自尊、从容、仁慈、睿智、深思而且十分了解熟悉你的表情。他们的目光里有一种对世界洞悉无余的明亮。

一块奥运奖牌的结局在印度引起了争论，引起了一些印度人对体育政策、管理体制、文化传统的分析和批评。果然，也有一位印度朋友对我不无自豪地说："我们不需要金牌。"

"为什么？"

"你不觉得金牌是体育堕落的表现？你不觉得奥运会已充满铜臭？这样的体育，以巨额奖金为动力，以很多运动员的伤残为代价，越来越新闻化和商业化了，不是堕落是什么？"他再一次强调："我们不需要金牌，只需要健康和谐的生活。"

说这些话的时候，我们正在班加罗尔一个剧院门口，等待着一个地方传统剧目的演出开始。由于一九九六年度的世界小姐选美正在这个城市举行，他们也七嘴八舌抗议这种庸俗的西方闹剧。

我们用英语交谈。说实话，英语在这里已经印度化，对于中国人来说很不好懂，其清辅音都硬邦邦地浊化，与英美式英语的差别，大概不会小于普通话与湖南话的差别。我们代表团的译员姓纽，英语科班出身，又在西北边陲与巴基斯坦人和印度人交道多年，听这种英语也有些紧张，脸上不时有茫然之态。我比起小纽来说当然更加等而下之。幸好印度人听我们的英语毫无障碍，收支失衡的语言交流大体还可以进行下去。更大的问题是，我们没有印地语译员，很难深入这里的社会底层，很难用手势知道得更多。

英语在这里仅仅是官方语言之一，只属于上流人士以及高学历者，普通百姓则多是讲印地语或其他本土民族的语言——这样的"普通话"在印度竟多达二十几种。换句话说，这个国家一直处在语言的四分五裂之中，既有民族的语言分裂，也有阶级的语言分裂。他们历史上没有一个秦始皇，主体社会至今人不同种，书不同文。他们也没有诸如一九四九年的革命大手术，贵族与贱民的分离制度至今存留如旧。这就是说，他们没有经历过文化的大破坏，也没有文化的大一统。我没法知道的，是社会的裂痕阻碍了他们语言的统一，还是语言的裂痕阻碍着他们阶级的铲除和民族的融合？

循着英语的引导，你当然只能进入某种英国化的印度：议会、报馆、博物馆、公务员的美满家庭、世界一流的科研基地和大学，还有独立、博学、优雅并且每天都在直接收看英国电视和阅读美国报纸的知识阶层。但就在这些英语岛屿的周围，就在这些精英们的大门之外，却是残破不堪的更广阔现实。街道衰老了，汽车衰老了，棚栏和港口衰老了，阳光和落叶也衰老了，连警察也大多衰老了。这些白发苍苍的老人抄着木棍，活得没什么脾气，看见哪一辆汽车大胆违章，只是照着车屁股打一棍就算完事。很多时候，他们搂着木棍或老掉牙的套筒枪，在树影下昏昏大睡，任街面上汽车乱蹿，任尘土蔽天日月无光。所有的公共汽车居然干脆拆掉了门，里面的乘客们挤不下了，便一堆堆挤在车厢顶上去，迎风远眺，心花怒放。乘着这样自由甚至是太自由的汽车驶入加尔各答市恒河大桥广场，你可能会有世界轰的一声塌下来的感觉。你可以想象眼前的任何房子都是废墟，任何汽车都是破铜烂铁，还可以想象街上涌动着的不是市民，是百万游牧部落正在浩浩荡荡开进城市并且到处安营扎寨。这些部落成员在路旁搭棚而居，垒石而炊，借雨而浴，黑黝黝的背脊上沉积着太多的阳光。他们似乎用不着穿什么，用不着吃什么，随便塞一点面渣子入口，就可以混过一天的时光，就可以照样长出身上的皮肉。他们当然乞讨，而且一般来说总是成功地乞讨。他们的成功不是因为印度有很多餐馆，而是因为印度有很多寺庙。他们以印度人习惯施舍的道德传统为生存前提，以宗教的慈悲心为自己衣食的稳定来源。

　　面对着这些惊心动魂的景象，老警察们不睡觉又能怎么样？再多几倍或几十倍的警力又能怎么样？

　　幸好，这里的一切还没有理由让人们绝望。交通虽混乱，但乱中有序；街市虽破旧，但破中无险。他们的门窗都没有铁笼子一般的防盗网，足以成为治安状况良好的标志并且足以让中国人惭愧。外人来到这里，不仅不会见到三五成群贼眉鼠眼的人在街头滋事，不仅不会遭遇割包和抢项链，不仅不会看到公开的色情业和强买强卖，甚至连争吵的高声也殊为罕见。印度人眼里有出奇的平和与安详，待人谦谦有礼。最后，人们几乎可以相信，这里的老警察们睡一睡甚至也无关紧要。

　　一个不需要防盗网的民族，是一个深藏着尊严和自信的民族。也许，印度教的和平传统，还有甘地的非暴力主义，最可能在这个民族的清洁和温和里生长。我曾看过一部名为《甘地传》的电影，一直将甘地视为我心中谜一般的人物。这个干瘦的老头，总是光头和赤脚，自己纺纱，自己种粮，为了抗议不合理的盐税，他还曾经带领男女老少拒食英国盐，一直步行到海边，自己动手晒盐和滤盐。说来也有趣，他推翻英帝国殖民统治的历史性壮举，不需要军队，不需要巨资，一旦拿定主意，剩下的事就是默默走出家门就行。和平大进军——他从一个村子走到另一个村子，从一片平原走向另一片平原，于是他身后的队伍滚雪球一样越来越壮大，直至覆盖在整个地平线上，几乎是整整一个民族。碰到军队的封锁线，碰到刺刀和大棒，他们宁愿牺牲决不反抗，只是默默地迎上前去，让自己在刺刀和大棒下鲜血淋淋地倒下。第一排倒下了，第二排再上；第二排倒下了，第三排再上……直至所有在场的新闻记者都闭上了眼睛，直至所有镇压者的目光和双手都在发抖，直至他们惊恐万状地逃离这些手无寸铁的人并且最终交出政权。

甘地最终死于同胞的暗杀。他的一些亲人和后继者也死于暗杀。从某种意义上来说，这些频频得手的暗杀并不能说明别的什么，倒是恰恰证明了这个民族缺乏防止暴力的经验和能力。他们既然不曾反抗军警，那么也就不大知道如何对付暗杀。

作为印度之魂，甘地不似俄国的列宁、中国的毛泽东、南斯拉夫的铁托以及拉丁美洲的格瓦拉，他一弹不发地完成了印度的独立，堪称二十世纪的政治奇迹和政治神话之一。也许，这种政治的最不可理解之处，恰恰是印度人最可理解之处：一种印度教的政治，一种素食者和流浪者的政治，来自甘地对印度的深切了解。这种"非暴力不合作"运动的理论与实践，不过是政治天才给一个贫困和散弱到极致的民族，找到了一种最可能强大的存在形式，找到了一种最切合民情也最容易操作的斗争方法——比方在军警面前一片片地坐下来或躺下来就行。

在尚武习兵的其他民族看来，这简直不是什么斗争，不过是丐群的日常习惯。但正是这种日常习惯迫使英国政府和议会低头，使西方世界很多男女对天才的甘地夹道欢迎崇敬有加。

现在，很多印度人还坐在或躺在街头，抗议危及民族工业的外国资本进入，抗议旧城区的拆迁，抗议水灾和风灾以及任何让人不高兴的事，或者他们也无所谓抗议，并没有什么意思，只是不知道要如何把自己打发，坐着或躺着已成了习惯。时过境迁，他们面对的已不再是英国军警，而是一项项举步艰难的现代化计划。这些缺衣少食者被一个伟大的目标所点燃的时候，他们个个都成了赤脚长衫的圣雄，个个都强大无比。但这种坐着或躺着的姿态一旦继续向未来延伸，也许便成为一份历史的沉重负担，甚至会令每一届印度政府头痛不已。二十世纪末的全球一体化经济正在铁壁合围，没有一个大陆可以逃避挑战。那么，哪一个政府能把眼前这个非暴力不合作的黑压压人海组织起来、管理起来，向他们提供足够的住房、食品、教育以及工作机会？从更基本的一点来说，哪一个政府能使素食者投入竞逐、而流浪者都服从纪律？如果不能的话，即便甘地还能活到现在，他能否像创造当年的政治神话一样，再一次创造出经济神话？

换句话说，他能否找到一种印度教的经济，一种后素食者和后流浪的物质繁荣，并且再一次让全世界大吃一惊？

我们将要离开印度的时候，正赶上加尔各答地区某个民族的新年日，即这个国家很多新年日中的一个。一排排点亮的小油灯排列台阶，零星礼花不时在远方的空中闪烁。节日的女人很漂亮，裹身的沙丽五彩缤纷，一朵朵在节日的暗香中游移和绽放。只是这种沙丽长于遮盖，缠结繁复，是一种女神而非女色的装束，有一种便于远观而拒绝亲近的意味，不似某些西式女装那样求薄求露求透甚至以"易拉罐"的风格来引诱冲动。

这里的节日也同中国的不一样：街上并无车水马龙，倒有点出奇的灯火阑珊和人迹寥落；也没有觥筹交错，倒是所有的餐馆和各家各户的厨房一律关闭——人们以禁食一天的传统习俗来迎接新的岁月。他们不是以感官的放纵而是以欲望的止息来表示欢庆。可以想象，他们的饥饿是神圣，是幸福，也是缅怀。这种来自漫长历史的饥饿，来自漫长历史中父亲为女儿的饥饿、兄长为妹妹的饥饿、儿子为母亲的饥饿、妻子为丈夫的饥饿、主人为客人的饥饿、朋友为朋友的饥饿、人们为树木和土地的饥饿，成为他们世世代代的神秘仪礼，成为他们隆重的节日。

> 母亲，你回来吧，回来吧，
> 你从恒河的滚滚波涛里回来吧，
> 你从树上的每一片叶子里回来吧，
> 你从路上的每一个脚印里回来吧，
> 你从我的睡梦里和眼泪里回来吧。
> ……

河岸上歌潮迭起。这就是恒河，在印地语里发音"刚嘎"，浩浩荡荡地流经加尔各答。

这使我联想起西藏的"贡嘎"机场，与之声音相近，依傍恒河的上游，即雅鲁藏布江。"刚嘎"与"贡嘎"是否有什么联系？是否就是一回事？司机给我翻译着歌词的大意，引我来到这里观看人们送别嘉丽——恒河两岸亿万人民的母亲，他们在每一个新年都必须供奉的女神。她差不多裸着身子,年轻而秀丽,在神位上的标准造型倒有点怪:惊讶地张嘴悬舌,一手举剑,另一只手提着血淋淋的人头。由于语言的障碍,我没法弄明白关于这位女神的全部故事,只知道在一次为人间扫除魔鬼的著名战斗中,她杀掉了二十几个敌手,也最终误杀了自己的丈夫——她手中那颗人头。

直到这个时候,她才如梦初醒地伸长了舌头。

从那一刻起,她便凝固成永远的惊讶和孤独。

已经是新年的第二天了,民间庆典即将结束。人们拍着鼓,吹着号,从城市的各个角落载歌载舞结队而来,在恒河岸边汇成人海,把各自制作的嘉丽送入河水,让大小不等色彩纷呈的惊讶和孤独随水而下——漂逝在夜的深处。这是他们与恒河年复一年的约定。

看得出来,这些送神者都是穷人,衣衫不整,尘土仆仆,头发大多结成了团,或者胡乱披散。他们紧张甚至恐慌地两眼圆睁手忙脚乱大喊大叫,一旦乱了脚步,抬在肩上的女神就摇摇晃晃。他们发出呼啸,深一脚浅一脚踩得水花四溅,从河里返回时便成了一个个癫狂的水鬼,浑身水滴如注,在火光下闪耀着亮珠。但他们仍然迷醉在鼓声中,和着整齐或不够整齐的声浪大唱,混在认识或不太认识的同胞身旁狂舞——与其说这是跳舞,倒不如说他们正折磨自己的每一个骨节,一心把自己粉碎和溶化于鼓声。

一个撑着拐杖的跛子也在跳跃,拐杖在地下戳出密密的泥眼。

> 你从路上的每一个脚印里回来吧,母亲;
> 你从我的睡梦和眼泪里回来吧,母亲。

恒河的对岸那边,几柱雪亮的射灯正照亮巨大的可口可乐广告牌，照亮了那个风靡全球的红色大瓶子。在那一刻，我突然觉得，远去的嘉丽高扬血刃回眸一瞥，她永远伸长舌头所惊讶的，也许不是丈夫的人头落地，而是一个我们完全无法预知的新世纪正悄悄来临。

  我抬起头来看彼岸急速地远退，留给我无限宽阔的河面。

一九九七年二月

第二辑 那些事

萤火虫的故事
漫长的假期
能不忆边关
世界
海念
感激

萤火虫的故事

在作家群体里混上这些年,不是我的本意。

我考中学时的语文成绩很烂,不过初一那年就自学到初三数学,翻破了好几本苏联版的趣味数学书。"文革"后全国恢复大学招生考试前,我一天一本,砍瓜切菜一般,靠自学干掉了全部高中课程,而且进考场几乎拿了个满分(当时文理两科采用同一种数学试卷)——闲得无聊,又把仅有的一道理科生必答题也轻松拿下,大有一种逞能炫技的轻狂。

我毫不怀疑自己未来的科学生涯。就像一些朋友那样,一直怀抱工程师或发明家之梦,甚至曾为中国的卫星上天懊丧不已——这样的好事,怎么就让别人抢在先?

黑板报、油印报、快板词、小演唱、地方戏……卷入这些底层语文活动,纯粹是因为自己在"文革"中被抛入乡村,眼睁睁看着全国大学统统关闭,数理化知识一无所用。这种情况下,文学是命运对我的抚慰,也是留给我意外的谋生手段——至少能在县文化馆培训班里混个三进两出，吃几顿油水稍多的饭。可惜我底子太差，成天挠头抓腮，好容易才在一位同学那里明白"论点"与"论据"是怎么回事，在一位乡村教师那里明白词组的"偏正"关系如何不同于"联合"关系。如果没有民间流传的那些"黑书"，我也不可能如梦初醒，知道世界上还有契诃夫和海明威，还有托尔斯泰和雨果，还有那些有趣的文学呵文学，可陪伴我度过油灯下的乡村长夜。

后来我终于有机会进入大学，在校园里连获全国奖项的成功来得猝不及防。现在看来，那些写作确属营养不良。在眼下写作新人中闭上双眼随便拎出一两个，大概都可比当年的我写得更松弛、更活泼、更圆熟。问题是当时很少有人去写，留下了一个空荡荡的文坛。国人们大多还心有余悸，还习惯于集体噤声，习惯于文学里的恭顺媚权，习惯于小说里的男女都不恋爱、老百姓都不喊累、老财主总是在放火下毒、各条战线永远是"一路欢歌一路笑"……那时节文学其实不需要太多的才华。一个孩子只要冒失一点，指出皇帝没穿衣服，便可成为惊天动地的社会意见领袖。同情就是文学，诚实就是文学，勇敢就是文学。宋代陆放翁说"功夫在诗外"，其实文学在那时所获得的社会承认和历史定位，原因也肯定在文学之外——就像特定棋局可使一个小卒胜过车马炮。

解冻和复苏的"新时期文学"，在某种程度上很像五四新文化大潮时隔多年后的重续，也是欧洲启蒙主义运动在东土的延时补课，慢了一两拍而已。双方情况并不太一样：欧洲人的主要针对点是神权加贵族，中国人的主要针对点是官权加宗法；欧洲人有域外殖民的补损工具，中国人却有民族危亡的雪上加霜……但社会转型的大震荡和大痛感似曾相识，要自由、要平等、要科学、要民富国强的心态大面积重合，足以使西方老师们那里几乎每个标点符号，都很对中国学子的胃口。毫无疑问，那是一个全球性的"大时代"——从欧洲十七世纪到中国十九世纪（史称"启蒙时代"），人们以"现代化"为目标的社会变革大破大立翻天覆地，不是延伸和完善既有知识"范式"（科学史家T.S.Kuhn语），而是创建全新知识范式，因此都释放出超常的文化能量，包括重新定义文学，重新定义生活。李鸿章所说"三千余年一大变局"当然就是这个意思。历史上，也许除了公元前古印度、古中国、古伊朗、古希腊等地几乎不约而同的文明大爆炸（史称"轴心时代"），还鲜有哪个时代表现出如此精神跨度，能"大"到如此程度。

不过，"轴心"和"启蒙"都可遇难求，大时代并非历史常态，并非一个永无终期的节日。一旦社会改造动力减弱，一旦世界前景蓝图的清晰度重新降低，一旦技术革新、思想发明、经济发展、社会演变、民意要求等因缘条件缺三少四，还缺乏新的足够积累，沉闷而漫长的"小时代"也许就悄悄逼近了——前不久一部国产电影正是这样自我指认的。在很多人看来，既然金钱已君临天下，大局已定，大势难违，眼下也就只能干干这些了：言情，僵尸，武侠，宫斗，奇幻，小清新，下半身，机甲斗士……还有"坏孩子"的流行人格形象。昔日空荡荡的文坛早已变得拥挤不堪，但很多时尚文字无非是提供一些高配型的低龄游戏和文化玩具，以一种个人主义写作策略，让受众在心智上无须长大，永远拒绝长大，进入既幸福又无奈的自我催眠，远离那些"思想"和"价值观"的沉重字眼。大奸小萌，或小奸大萌，再勾兑点忧伤感，作为小资们最为严肃也最为现实的表达，作为他们的华丽理想，闪过了经典库藏中常见的较真和追问，正营销一种抽离社会与历史的个人存在方案——比如好日子意味着总是有钱花，但不必问钱来自哪里，也不必问哪些人因此没钱花。中产阶级的都市家庭，通常为这种胜利大"抽离"提供支付保障，也提供广阔的受众需求空间。

　　文学还能做什么？文学还应该做什么？一位朋友告诉我，"诗人"眼下已成为骂人的字眼："你全家都是诗人！"……这说法不无夸张，玩笑中却也透出了几分冷冷的现实。在太多文字产品倾销中，诗性的光辉，灵魂的光辉，正日渐微弱黯淡甚至经常成为票房和点击率的毒药。

　　坦白地说，一个人生命有限，不一定遇上大时代。同样坦白地说，"大时代"也许从来都是从"小时代"里滋生而来，两者其实很难分割。抱怨自己生不逢时，不过是懒汉们最标准和最空洞的套话。文学并不是专为节日和盛典准备的，文学在很多时候更需要忍耐，需要持守，需要旁若无人，需要繁琐甚至乏味的一针一线。哪怕下一轮伟大节日还在远方，哪怕物质化和利益化的"小时代"闹腾正在现实中咄咄逼人，哪怕我一直抱以敬意的作家正沦为落伍的手艺人或孤独的守灵人……那又怎么样？我想起多年前自己在乡村看到的一幕：当太阳还隐伏在地平线以下，萤火虫也能发光，划出一道道忽明忽暗的弧线，其微光正因为黑暗而分外明亮，引导人们温暖的回忆和向往。

　　当不了太阳的人，当一只萤火虫也许恰逢其时。

　　换句话说，本身发不出太多光和热的家伙，趁新一轮太阳还未东升的这个大好时机，做一些点点滴滴岂不是躬逢其幸？

　　这样也很好。

二〇一四年十一月

漫长的假期

我偶尔去某大学讲课，有一次顺便调查学生读书的情况。我的问题是这样：谁读过三本以上的法国文学？这时约四分之一的学生举手。谁读过《红楼梦》？这时约五分之一的学生举手。然后，我降低门槛，把调查内容改成《红楼梦》的电视剧，这时举手多一些了，但仍只是略过半数。

这是一群文学研究生，将要成为硕士或博士的。他们很诚实，也毫不缺乏聪明。我相信未举手者已做过上百道关于《红楼梦》或法国文学的试题，并且一路斩获高分——否则他们就不可能坐在这里。

问题在于，那些试题就是他们的文学？读书怎么成了这么难的事？或者事情别有原因：是什么剥夺了他们广泛阅读的自由？

我不想拍孩子们的马屁，很坦白地告诉他们：即使在三十年前，让很多中学生说出十本俄国文学、十本法国文学、十本美国文学，都不是怎么困难的。我这一说法显然让他们惊诧了，怀疑了，困惑了，一双双眼睛瞪得很大。三十年前？天啦，那不正是文化的禁锁和荒芜时期？不正是"文革"的十年浩劫？……有人露出一丝讪笑，那意思是：老师你别忽悠我们啦。

没错，是禁锁是荒芜甚至是浩劫，从当时大批青年失学来看的确如此，从当时官方政策主体来看的确如此。但你们注意了：一具病体并非尸体，仍有不绝的生力，包括生力的逐步恢复和增强。"文革"不过是一场大病来袭，但如同历史上文网森严的旧中国和政教合一的旧欧洲，它并不曾冷却民众的精神之血，无法遏制新文化的萌发、繁殖、积聚、壮大以及爆发，直至制度层面的变革。这才是历史真切而生动的过程。我们曾用这种眼光注意过很多复杂局面，包括宗教法庭与牛顿的共存，普鲁士帝制与黑格尔的共存，斯大林铁幕与肖洛霍夫、爱森斯坦、肖斯塔科维奇的共存，为什么独独乐意给"文革"随便贴一枚标签？是什么人最习惯和最惬意地使用着这一类标签？

中国谚语：知其一，还要知其二。

偷　书

我当年就读的中学，有一中型的图书馆。我那时不大会看书，只是常常利用午休时间去那里翻翻杂志。《世界知识》上有很多好看的彩色照片。一种航空杂志也曾让我浮想联翩。

"文革"开始，这个图书馆照例关闭，因受到媒体批判的"毒草"越来越多，图书馆疲于清理和下架，只好一关了之。类似的情况是，城里各大书店也立刻空空荡荡，除了马克思、列宁、毛泽东一类红色圣经，除了少许充当学习资料的社论选编，其它书籍几近消失。间或有一点例外，比方我买过一本关于海南岛青年创业的小说，但总是读不进去，一时不知是何原因。

一九六七年秋，停课仍在继续，漫长的假期似无尽头。但收枪令已下达，革命略有降温，校图书馆立刻出现了偷盗大案：一个墙洞骇然触目。管理图书的老师慌了，与红卫兵组织紧急商议，设法把藏书转移至易于保护的初中部教学楼顶层，再加上铁栅钢门，以免毒草再次外泄。不过外寇易御家贼难防，很多红卫兵在搬书时左翻右看，已有些神色诡异，互相之间挤眉弄眼。后来我到学校去，又发现他们话题日渐陌生，关于列宾的画，关于舒伯特的音乐，关于什么什么小说……这是怎么回事？你们在说些什么？

如果你是外人，肯定会遭遇支吾搪塞，被满脸坏笑的他们瞒过去。好在我算是自家人，有权分享共同的快乐。在多番警告并确认我不会泄密或叛变之后，他们终于把我引向"胡志明小道"——他们秘密开拓的一条贼道。我们开锁后进入大楼某间教室，用桌椅搭成阶梯，拿出对付双杠的技能，憋气缩腹，引身向上，便进入了天花板上面的黑暗。我们借瓦缝里透出的微光，步步踩住横梁，以免自己一时失足踩透天花板，噗嗵一声栽下楼去。在估计越过铁栅钢门之后，我们就进入临时书库的上方了，就可以看见一洞口：往下一探头，哇，茫茫书海，凝固着五颜六色的书浪。

这时候往下一跳即可。书籍垒至半墙高，足以成为柔软的落地保护装置。

我们头顶着蛛网或积尘，在书浪里走得东倒西歪，每一脚都可能踩着经典和大师。我们在这里坐着读，跪着读，躺着看，趴着读，睡一会儿再读，聊一会儿再读，打几个滚再读，甚至读得头晕，读出傻笑和无端的叫骂。有时尿急，懒人为了省下一趟攀爬，解开裤子就在墙角无聊，不知给哪些杰作留下了污迹。

我说过，作为初中生，我读书毫无品位，有时掘一书坑不过是为了找一本《十万个为什么》。青春寄语，趣味数学，晶体管收音机，抗日游击队故事，顶多再加上一本青年必读的《卓娅与舒拉》，基本上构成了我的阅读和收藏，因此我每次用书包带出的书，总是受到某些大同学取笑。我并不知道他们笑什么。当然，多年以后我读到海明威的《再见了，武器》、雨果的《九三年》以及泰戈尔的《飞鸟集》，觉得有些眼熟，才依稀想起初中部大楼的暗道——只是当时不知自己读了什么，对书名和作者也从无用心。

一个没有考试、没有课程规限、没有任何费用成本的阅读自由不期而至，以至当时每个学生寝室里都有成堆禁书。你从这些书的馆藏印章不难辨出，他们越干越猖狂，越干越熟练，窃书的目标渐渐明晰，窃书的范围正逐步扩展，已经祸及一墙之隔的省社会科学院图书馆，距此不算太远的省医学院图书馆等。多年以后，我一位姓贺的同学积习不改，甚至带着一把铁钳和两个麻袋，闯入省城最大图书馆的禁区，在那里窃取了据说价值上万美元的进口画册——他当时正在自修美术。他的行为败露，被警方以盗窃罪起诉，获刑一年，监外执行。

比较有意思的是，他走出法庭的时候，一位老法官对他竟笑眯眯的，私下里感叹：我那儿子要是像你这样爱书，我也就放心了呵！

老法官的私语其实是另一种宣判，隐秘的民意宣判。

这就是说，哪怕在大批知识分子沦为惊弓之鸟的时代，知识仍被很多人暗暗地惦记和尊敬，一个偷书贼的服刑其实不无光荣。

这与后来的情况很不一样。贺某多年后肯定遇到过这种场景：书店里已经五光十色应有尽有了，各种有关理财、厚黑、权势、时装、色欲、命相的烂书铺天盖地持续热销，而他当年渴求的经典反而门前冷落。如果他对这种情况大为奇怪，如果他还把经典太当回事（爷们当年就是为这个坐的牢），还很可能被当今的购书者们白眼：神经病吧？吃错了药吧？

抢　书

抄家之风激荡于一九六六年夏。最早的元老级红卫兵身穿黄军装，佩戴红袖章，有的还挥舞着凶狠的皮带，一旦在街上呼啸而过，总是吓得路人胆颤心惊。他们冲进一些涉嫌敌对者的住宅，一般未抄出什么反革命罪证，只是抄走手表、字画、皮大衣之类奢侈品。把大批"毒草"书刊当众焚烧，常常是他们抄家之后的革命宣示和祝捷庆典。

到第二年，该打击的敌人都打击了，抄家所闻不多。即便要抄家，大多发生在对立群众派别之间，带有一种派争泄愤的性质了。我也参加过这种恶行。一次是夜里去另一所中学，刚摸黑上楼，就听到有泼水声。不过那不是水，片刻之后就有人惨叫"盐酸！盐酸！我要破相啦——"吓得大家从楼道一拥而下，手忙却乱地狂找水龙头，为这位同学清洗脸上和衣领里的可怕液体。接下来，楼下楼上对骂，还有扔手榴弹一类威胁，但最终不了了之。

另一次抄家也不太顺。目标是两个本校老师，因为他们不但戴着资产阶级的眼镜片，而且胆敢支持我们的对立派学生，成立一"黑鬼战团"前来叫阵，是可忍孰不可忍，须严厉打击。不过，这两位老师家贫如洗，简陋平房里的煤炉子和锅碗瓢盆实在引不起我们的兴趣。两位师母又哭又闹的，其中一位说倒地就倒地，抡着砖块要自残，吓得我们只能草草收场。

我们仅仅抄走了一些书。唐诗宋词三国红楼什么的很快被大同学瓜分，留给我一本黑格尔的《小逻辑》，让我如读天书，大为扫兴。不过战利品中有一大叠草稿，包括童话，游记，英文诗歌，自传小说——

大概这些都经过作者的自我审查，看上去不犯忌，才被保存下来。这算是我第一次看到手迹本文学，不免十分好奇，一扎进去就读了三四天。后来，几位同学把这位作者抓来再审，要他老实交代自己的历史污点，其实是把他的小说读得不过瘾，想更多知道日美太平洋战争的真相。这作者是位南洋华侨，当过美军翻译，一见我们的模样就知道挠到哪里是痒处。虽然他也用了"万恶的美帝国主义"一类词语，但履历交代简直就是开故事会，一章接一章绘声绘色，让他自己好好地陶醉了一把往事。说到美军的巧克力和牛肉罐头，还馋得我们吞口水。

"你们连枪都不会擦还拿什么打仗？不是胡闹么？"说得兴起，他抱臂耸肩，好像成了我们的教官。

我们也忘记了生气，忘记了拍桌子。

没有想到的是，螳螂捕蝉，黄雀在后。就在这事发生后不久，我自己的家也被抄了，气得老妈又哭又骂的。抄家者是我哥学校里的对立派，意在对我哥施以惩罚。两颗手榴弹由我窝藏，现在成为我哥对抗交枪令的罪证，有关"油炸""火烧"的大标语刷在最热闹的街市。这其实还只是小损失。最可恶的是他们抄走了我的篮球和书——都是这一段时间我精心挑选私留的几十件精品。其中包括鲁迅、巴金、叶圣陶、高尔基、莫泊桑、海明威、托尔斯泰的小说，还有《革命烈士诗抄》和《红旗飘飘》文丛等红色读物。我去街上看过大字报，发现那些欢呼胜利的抄家者根本不提这些书，一定是暗中私分了。

可耻呀可耻！我简直欲哭无泪。

多少年后，我哥与他的对立派早已和解，有次老同学来家聚会让我撞上了。其中有些人认识我，笑着向我打招呼。我本应该对这些大哥大姐表现出礼貌，但一想到他们中间某些人曾夺我所爱，气就不打一处来，终于拉长一张脸扬长而去。我估计他们肯定忘记那件事，肯定觉得我的无礼十分奇怪。

换　书

　　那时中国大陆人都穷，学生们尤其囊中羞涩，习惯于打补丁的衣服，习惯于用推剪互相理发和收集些废瓶子卖钱。虽处无政府状态，学校食堂服务却大体如常。"豆腐脑，萝卜干，吃得眼睛往上翻。"——这就是大家敲打饭盆排队时的欢呼，是对幸福的回忆和向往。

　　尽管穷，时尚却并不缺乏，与时尚相关的商品交易也十分活跃，只是这种交易大多采取物物相易的方式，不经过现金的环节。比如毛主席像章一时走红，各种新款像章必受追捧，那么一个瓷质大像章，可换五六个铝质小像章。一个碗口大的合金钢像章，可换三四个瓷质像章或竹质像章。过了一段，像章热减退，男生对军品更有兴趣，于是一顶八成新军帽可换十几个像章，一件带四个口袋的军衣可换两三本邮票集。再过一段，上海产的回力牌球鞋成了时尚新宠，尤其是白色回力鞋几成极品，至少能换一台三极管收音机外加军裤一条，或者是换双面胶乒乓球拍一对再加高射机枪弹壳若干。

　　黑市交换很复杂，价值权衡全凭感觉和谈判，所以一旦读书潮暗涌，图书也可入场交换，比如一套《水浒传》可换十个像章或者一条军皮带。俄国油画精品集或舒伯特小提琴练习曲的价位更高，手里只捏着子弹壳或像章的人根本不敢问津。有一次，高二某同学徐某不知从哪里弄来一本《赫鲁晓夫主义》，作者据我后来回想也算不上什么名角。书的内容无非是揭示了一些苏共内幕，包括列宁与斯大林的吵架，贝利亚的残酷和阴狠，朱可夫元帅对赫鲁晓夫的勤王之功，还有"匈牙利事件"中纳吉的两头受气……但这一切在当时也属异端，属稀缺信息，足以让中学生读得眼睛大睁呼吸急促。好几天，它成了大家热议的话题，更成了频频换手的接力棒——好多人都等着这本秘籍。

我运气非常不好。秘籍刚传到手上，还没读完就不翼而飞，不知是哪个王八蛋暗下手脚，说不定拿它去换回力牌了。这当然是我的重大失误。书的主人急得差点要撞墙，几乎每天都用惨白的脸堵住我，痛苦得把脑袋摇来摇去：求求你，你得去找找呵。我是从军区一个朋友那里借的，搞不好要出人命的呵。

我到哪里去找？把自己卖了也赔不出吧？

我提出赔他一本巴金的《家》，他不要；赔他《安徒生童话集》，他也不要；赔三大本邮票，他还是不要。百般无奈之下，我只好把一只手表戴在他手上，暂时安抚他痛苦的心。

这只旧手表算是我最大的资本，来自另一位同学——当时他看中我的收音机，说什么也要强买强卖。我自知不是个称职的"换客"，也许这生意做下去，七换八换之后就会赤条条走人，那么让同学暂时保管资本，也许不失为安全之策。直到毕业下乡前夕，手表保管者因病得以留城，看到大家要远行下乡，抱着这个那个哭得眼泪哗哗。我心一酸，也哇哇哭起来，一激动就宣布以手表相赠。他当然吃了一惊，说了些表示惊讶、表示推让、表示万万不可的话，但我不想欠下人情——再说，身外之物岂能与崇高的江湖义气相比？一块手表对于我这个农民来说又有何用？

虽然事后略有后悔，但我那一刻确实很壮烈。

下乡后，收到秘籍主人几次热情的来信。大概觉得这笔交易令人不安，他捎来一双新军鞋，算是聊作弥补。

说　书

我插队在一公社茶场。这里有一百多号知青，一百多号本地农民，分三个工区六个队，负责近六千多亩茶园和少许稻田。在地上劳动的时候，尤其聚在树下或坡下工休的时候，聊天就是解闷的主要方法。农民把讲故事称为"讲白话"，一旦喝过了茶，抽燃了旱烟，就会叫嚷：来点白话吧，来点白话吧。

农民讲的多是乡村戏曲里的故事，还有各种不知来处的传说，包括下流笑话。等他们歇嘴了，"知青"也会应邀出场，比方我就讲过日本著名女间谍川岛芳子的故事，是从我哥那里听来的，颇受大家欢迎。

黄某不是我的同学，是他留城的姐姐托付给同学带下乡的。他个头小，平时不大言语，只喜欢拉拉小提琴，不过肚子里还真有料，话匣子一打开都是我们闻所未闻之事。鲁仲连义不帝秦，信陵君窃符救赵，孟尝君受教冯谖，当然还少不了吕不韦阳具奇伟和宣太后私通大臣之类黄料……我多年以后才知道，这些大多来自《战国策》和《史记》，不知黄某什么时候读在眼里，记在心头。

易某最喜欢讲战争史，每讲到将领必强调军衔，每讲到武器必注明型号，显示出惊人的记忆力，俨然是个军事行家。我就是从他嘴里得知二战期间的斯大林格勒战役，诺曼底登陆战役，隆梅尔的北非战役，以及德国的容克52和美国的M2。多年以后我发现，他肯定读过《朱可夫回忆录》《第三帝国的兴亡》一类的书，只是他的记忆有偏向，对军衔和型号记得太多，把重要情节反错漏不少，比如常把英国混同美国，对兵员数和钢产量也多是信口胡编。

这些闲聊类似于说书，其实是中国老百姓几千年来重要的文明传播方式。在无书可读的时候（如"文革"），有书难读的时候（如文盲太多），口口相传庶几是一种民间化弥补，一种上学读书的替代。以至很多乡下农民只要稍稍用心，东听一点西听一点，都不难粗通汉史、唐史以及明史，对各种圣道或谋略也毫不陌生。其实这何尝不是一种坚实的文化？有一次，说起两敌对大国之间的微笑外交，一位在我身旁的老农突然插嘴："有什么好说的？诸葛亮气死了周瑜，还要去吊孝么！"我听得一懵，发现自己把形势和国策摊上一堆，其实哪比得上他一句话这么简洁和通透？

像农民一样，知青中还有些故事王，相当于口头图书馆。邻近的某公社就有这么一位。据那里的知青说，此人脑袋有点歪，外号"六点过五分"，平时特别懒，既不愿意挑粪种菜，也不高兴劈柴做饭，一个黑油光光的枕套竟可枕上一年。每次央求女知青代洗衣服，就以讲故事为回报。凭着他过目不忘的奇能，绘声绘色的鬼才，每次都能让听者如醉如痴意犹未尽而且甘受物质剥削。这样的交换多了，他发现了自己一张嘴的巨大价值，只要拿出故事这种强势货币，他就可以比别人多吃肉，比别人多睡觉，还能随意享用他人的牙膏、肥皂、酱油、香烟以及套鞋。这样的日子太爽。一度流行的民间传说《梅花党》《一只绣花鞋》曾由他添油加醋。更为奇货可居的是福尔摩斯探案、凡尔纳科幻故事、大仲马《基督山伯爵》、莎士比亚《王子复仇记》，都是他腐败下去的特权。

他逐渐练就成一方名嘴，走到哪里都被知青们迎来送往。尤其是农闲时节，大家寂寞难耐，经常备上好菜排着队去请他，把他当成了快乐大本营。作为一个资本家子弟，他歪支着脑袋，没赚多少工分，居然俘虏一出身干部家庭的漂亮女友，大概也不那么难以理解。

我有幸在县城见过他一面。几个朋友在饭店里以肉丝面相贿赂，央求他讲上一段。他说的是一苏联红军女兵押送一白军军官，两人在路途中居然放电，产生了危险的爱情，不料最后白军的船舰出现，后者本能地向舰船狂跑求救，前者的红军意识突然苏醒，那叫一个慌呵，想也没想就举起了枪……故事大王此时已吃完了，叭的一声枪响，他捂住自己胸口，缓缓地作旋体状，目光忧郁地投向厨房和碗柜，伸在空中的手痛苦地痉挛着，痉挛着。

"玛——沙！"他很男性地大喊了一声。

"我的蓝眼睛，蓝眼睛呵——"他又模拟出女人的哭泣。

太动人了！我们听得心情沉重感慨万千。直到多少年后我才知道，他那次讲的是苏联小说《第四十一个》，所谓表现人性论的代表之作。

护　书

在我的同队插友中，张某好诗词，带来了《唐诗三百首》。贺某想当画家，带来了石涛、林风眠、关山月以及米开朗基罗的画册。我是造反习气未脱，带来了《联共（布）党史》《马克思恩格斯选集》一类，大家互通有无交换着看。不要多久，交换范围又扩大到其它队，一直交换到很多书没有封皮或脱页散线的地步。

根据最高领袖的指示，知青下乡是接受"再教育"的，在农民面前得夹起尾巴做人。茶场有一党支部副书记，自觉责任重大，成天黑着一张脸骂人，晚上还到处巡查，查到知青房间里有声响就隔窗偷听，看是否有人说反动话，是否有人收听敌台。据说有一次某知青听收音机，听着听着睡了过去。副书记不知情，竟把播音一直偷听到后半夜，冻得自己第二天咳嗽不已。

他也经常检查知青们读什么。好在他文化水平不高，在辨别读物方面力不从心。有一次他看见法捷耶夫的《毁灭》，先问"毁"是什么字，问明白了再一举诛心：我们现在都在搞建设，你怎么成天搞毁灭？你想毁灭什么？

我急忙辩解："毛主席都说这本书好。"

见他狐疑，便翻出《毛泽东选集》中的白纸黑字，这才让他悻悻地走了。

另一次，他冲着马克思的图片皱起眉头："资本家吧？开什么铺子的？"

"亏你还是共产党员，连老祖宗都不认识了？"我抓住机会再将一军，使他脸上有点挂不住，只假装没听见，去找什么锄头。

有了这样一些经验，知青们发现乡下干部其实不难对付。一段时间里，有些女知青喜欢唱"卖国"电影《清宫秘史》里的插曲，比较粉色和小资的那种，被干部们询问唱什么，就说革命京剧样板戏呵。干部们不懂京剧，居然信以为真。有些知青传看司汤达的小说《红与黑》，被干部们询问看什么，就说是看两条路线斗争史，还说作者是马克思他舅。干部们不知马克思的舅和姨，也就马虎带过。

农村当然也兴阶级斗争，只因为干部们大多缺少文墨，文化封禁较难落实。即便在城市，禁区也是有缝隙、有缺口、有偷越暗道的，爱书人稍动心思其实不难找到自保手段。比如《毁灭》《水浒》、李贺、曹操这一类是领袖赞扬过的，可翻书为证，谁敢说禁？孙中山的大画像还立在天安门广场，谁敢说他的文章不行？德国哲学、英国政治经济学、法国社会主义一直被视为马克思主义三大来源，稍经忽悠差不多就是马克思主义，你敢不给它们开绿灯？再加上"古为今用"、"洋为中用"、"有比较才有鉴别"、"充分利用反面教材"一类毛式教导耳熟能详，等于给破禁发放了暧昧的许可证，让一切读书人有了可乘之机。中外古典文学就不用说了。哪怕疑点明显的爱情小说和颓废小说，哪怕最有理由查禁的希特勒、周作人以及蒋介石，只要当事人在书皮上写上"大毒草供批判"字样，大体上都可以堂而皇之地收藏和流转。

我还读过一种油印小册子，不记得是哪个红卫兵组织印的，也不知他们印书的目的何在。小册子照例醒目地印有"大毒草供批判"的安全标识,正题是《新阶级》,作者为德热拉斯(后译为吉拉斯),一位被西方世界广为喝彩的南斯拉夫改革理论家。当上世纪八十年代末一位美国人向我推荐此书时,我的回答曾让他一怔。

我说,我知道这本书,我二十年前就读过。

他还是斜盯着我。

我无法让他相信这一点,当然也没必要让他相信。

我记得自己就是在茶场里读到油印小册子的,是两位外地来访的知青留下了它。我诈称腹痛,躲避出工,窝在蚊帐里探访东欧,如听到门外有脚步声便要装出一些呻吟。这是知青们逃工的常用手法。不过既是病人就不能快步,不能歌唱,更不能吃饭,以便让病态无懈可击。副书记一到开饭时就会站在食堂门口盯着,直到确认你没有去打饭,也没人代你打饭,才会克制一下揭穿伪装的斗志。不吃饭那就是真病了,这是农民们的共识。

这样,对于我的很多伙伴们来说,东欧的自由主义以及各种中外文化成果,都常常透出饥饿者的晕眩。

教 书

"文革"一般被认为结束于一九七六年。其实这个分期过于笼统。对于很多"文革"中的学子来说,"文革"在一九六八年就黯然落幕,其标志是以"革委会"为代表的政权管制全面恢复,还有民众造反权利的重新取消,包括红卫兵的出局。新的各级政权里虽然都有几个群众代表,但一般来说只是摆设了。

有些学生对官员主政已不习惯。想当年,大串联,逛全国,想斗谁就斗谁,想玩啥就玩啥,老子的队伍才开张,戴上袖章就是时代骄子,挂上盒子炮就是社会主人,这样的好日子怎么说没就没有了?生活怎么就只剩下哎哎哟哟的抡锄头出黑汗？他们愤愤不已，只是还残存几分领袖崇拜，那么与其承认自己出局，承认自己作废和可怜，不如把出局想象成重大战略的一步棋，想象成更伟大进军之前的迂回和潜伏，给自己继续蒙上意义的金色光辉。

我就是在这时结识了外校的一些知青，一伙是下靖县的，一伙是下沅江县的，都是些牛气冲天的幻想家，开口就是印度支那战争和法国红五月的那种，是忧心三十年后中国怎么办的那种。我们在春节回城时相聚，一家串一家，越串朋友越多，越串志向越大，分手前少不了要合唱一首《国际歌》。他们都比我年龄大，读的书也多，很得我的信任和仰慕，因此听说他们都在乡村办了农民夜校，我也立即回茶场办一所，决心配合友军行动，用革命思想改造可怜的乡村。

教材只能自费油印，由我和几个朋友编写，大体上以识字为纲，串起一些地理、历史、农科以及革命的小知识。《老乡上学歌》之类打油诗穿插其中，力图使课本更为活泼。这样的夜校一开张，干部们以为我们热心扫盲，吻合他们的工作任务，还十分高兴地支持。对我从无好脸色的副书记甚至破天荒把我表扬了两句。

不料事情并不顺利。农民学员对识字还有些兴趣，青年农民对天南海北的趣闻也津津有味，但要让他们理解列宁和孟什维克，明白巴黎公社有别于我们自己所在的天井公社，费力气实在太大。

"巴黎公社？在哪个县？怎么没听说过？"

"巴黎公社的人不插田吗？不打禾吗？那他们都是吃返销粮的？"

"我只听戴书记说过要学大寨，没听说过要学巴黎呵！"

真是让人出汗。想当年红军在乡村建立苏维埃，还教官兵们学唱换调变阶的《马赛曲》，不知道是否要出更多的汗。

他们对无产阶级光荣这种鬼话也决不相信。无产阶级？不就是穷得卵都没一根么？要是无产阶级光荣，那婆娘们不都光荣了？他们粗俗地大笑，然后对地球是圆的这一真理也嗤之以鼻：怎么是圆的？明明是平的么！我走到湘阴县白马湖（一个在他们看来已经是很远的地方），怎么没看见摔下去呢？怎么没看见湘阴人两脚朝天呢？……到最后，他们质问我们为什么不教他们打算盘，不教他们做对联和做祭文，哪怕教教他们治鸡瘟也好呵。

这样，他们想学的我不懂，我懂的他们不要。多少年后，我看见有些大学生志愿者受非政府组织（NGO）所派，来到尚缺温饱的贫困乡村，分发女权或环保的资料，热情万丈地教几句英语，教一两首英文歌，把娃娃们搞得迷迷瞪瞪，就觉得他们身上也有我当年的影子。一代代的文明救主，看来都不大考虑鸡瘟之类俗事。

夜校因为我的莽撞而夭折。事情是这样：为了"学巴黎"，我纠集两个青年学员，其实是脑子比较呆的两位，共同写了一张大字报，炮轰场民兵营长王某，打算先拍下一只小苍蝇再说。大字报指责他经常躲避劳动，开小灶暗揩集体的油，实在太资产阶级。没想到的是，副书记对大字报似乎暗喜，至少没对我说什么，倒是原来对知青们较为宽厚的正书记大为光火——原来他是王某的同村人，近期还成了王某的入党介绍人，见我往肉汤里拉屎，见某些干部隔岸观火，恨不得一口把我吃了。他怒气冲冲一把撕了大字报，站在地坪里开骂："搞什么突然袭击？还拉拢贫下中农来搞派性？告诉你们，蛆婆子拱不翻磨子，党的领导是铁打的！"

周围两排宿舍鸦雀无声，谁都不敢说话。

"什么夜校？鬼叫吧？"

本地人把校也发音为"叫"。

第二天入夜，我来到"夜叫"，发现我的预感果然被证实：一个学员也没来，几排条凳冷冷清清。连我的那两位共犯，从书记房间出来以后也慌慌张张，再也不同我说话，更不会喊我"老师"了。我原来准备好的第二期课本和第三期课本，都只能成为废纸了。

我发现自己确实是一只蛆婆子，连树叶也拱不翻的蛆婆子。但认识到这一点，对我后来读懂一些书倒是大有助益。

补记：

一九七二年春，我从茶场转到某大队落户，遇到有学校老师休产假什么的，也被叫去临时代课。我此时再无启蒙壮志，革命意志衰退，只是同娃娃们瞎混，算是赚一点轻松的工分。谁效忠，我就在黑板上画鲜花或者红旗（给女娃），坦克或者飞机（给男娃），下面写出相应的象征性领奖者。谁调皮，我在黑板另一边画丑八怪，下面标出他的名字，说不定还狠狠加刑：咔嚓——画一手枪瞄准之，或哗啦——画一粪瓢逼近之。这种奖罚分明的朝廷王法，让子民们兴奋莫名，下了课还围着我尖叫。我哪给他们正经上过课？几乎所有课都成了涂鸦和胡扯。但后来有一次在路上遇到茶场那位书记，竟得到他的微笑："你是个聪明人，现在总算走正路了，搞教育革命的鬼点子还蛮多。"

他说，我班上有一娃就是他的外甥，最喜欢新老师了，再也不逃学了，这些天一放下饭碗就往学校里跑。

是吗？我不知道自己是否应该高兴一下。

抄　书

榜样的力量是无穷的。高一级有一美男，工人子弟，篮球打得好，毛笔字写得好，又有浑厚男中音，在早晨的树林里呵的一声开诵，立刻晕了一大片女生。红卫兵们爱诗热潮由此而起。郭小川的

《青纱帐·甘蔗林》，贺敬之的《三门峡·梳妆台》，普希金的《致大海》等，立刻成为被大家争相传抄的朗诵文本，成为昼夜里此起彼伏的男声和女声，包括有些人对舌头痛苦的折磨。

当时大家几乎都有一两本手抄诗。下乡后，诗心在劳累中渐失，娱乐只剩下夜晚唱歌这种自我播音，于是抄歌的还是不少。苏俄的、美国的、拉美的、欧洲的、南亚的、日本和越南的、加上中国少数民族的歌曲，尤得很多女知青的青睐，几乎也是人手一册。多少年后，凡老知青们聚会，只要《三套车》《老人河》《流浪者之歌》一类音乐响起，中老年们差不多个个能唱。这种当年地下歌潮所留的余习，这种无组织、无领导、无纲领的全国性音乐认同，与学历教育倒是毫无关系。

一些知青做着文学梦或科学梦，当然更有抄书习惯。我在县城里结识黄某，后来当上编剧的一位，发现他抄录了几大本古文，深受震动和启发，回乡下后也如法炮制，每借来一书，便择优辑抄，很快就有了厚厚几本，以弥补书藏的短缺，以备今后温习。好几个早上起来，我的面目被人取笑，原来是柴油灯的烟太多，晚上抄书时靠灯太近了，太久了，鼻息吸引油烟，就会熏出个黑鼻子和黑花脸。知青点的朋友们也经常帮我，比如发现废品站有什么旧书刊，发现商店里有包装货品的旧报纸，就会留心多看一眼，把有用的纸片带回来给我。

上世纪九十年代末我在美国参加一会议，发现身旁一学者有动笔的癖好，倒也不是做会议笔记，只是笔头不闲，在会议材料的反面或空白处胡写，有时默写古体诗，有时默写洋文句子，有时甚至把会标之类抄上多遍。我心生奇怪，后来问及此事。他想了想，说：是吗？又想了想，说他可能是写惯了，尤其是当知青时抄书太多，以至到如今差不多一摸笔就手痒。据他说，他曾赴江西省插队，在乡下抄满过近百本笔记本，几乎抄出了一个图书馆。因为一件"反革命团伙"案，他坐牢两年多，但他在监房里还把《毛泽东选集》英文版抄了三遍。他学英文的另一办法是，找一本词典，每天背下一页，就撕去这一页，待整本书撕完，英文也就咽下一肚子。

他是"文革"后最早出国的数万留学生之一，很快成为经济学界一颗新星。在普遍的国外舆论看来，二十世纪八十年代初陆续出国的这一大批总体素质最佳，不仅谦逊和刻苦，而且学养不俗。其中很多人都是越过本科直升硕博。类似的情况是，在很多高校老师看来，"文革"后最早的上百万大学生，特别是文科生，总体素质也首屈一指。用有些老师的话来说，能遇上这几届可谓人生之幸。这里当然有比例不同的原因，比如从十年积累的考生总量中择优，与一般招考没有可比性。但即使不这样比，这是否也能显现出十年并非一张白纸？"断层"、"垮掉"一类概念是否用得过于笼统？

凭借手抄书一类手段，知识传薪其实一直明断而暗续、名亡而实存。如果真是"垮掉"和"断层"，数以百万计的好学生后来是从天上掉下来的？

"垮掉"、"断层"最为活跃和承重的"文革"以后三十年，为何反而爆发出了中国最强劲的经济成长？

现在，我的一些手抄书早已不知所往。随着出版的开放与繁荣，我的书橱也越来越多，盛满了太多精美而堂皇的套书，不需要我再在油灯下熏黑鼻子。但有时候我会不无惶惑，似乎书已经多得坏了我的胃口，让我无所适从。又觉得新书像富人的宾客，旧书像穷人的朋友，我在太多宾客面前反而有些孤独。

有人说过：借书读时读得最多，买书读时读得稍少，有机构发书读或赠书给你读时，反而读得最少。这里还可加上一问——抄书读的时候呢？

与一般的读书相比,抄书自有其优点:

(一)三读不如一抄,抄一遍有利于增强记忆;

(二)抄书是个细活,能迫使你聚精会神细嚼慢咽地读;

(三)抄书很辛劳,抄者对这种书总是更珍惜,于是有可能复读得更多;

(四)抄书一般只能是摘抄,而摘选需要你去粗取精,因此有利于总揽全局抓住重点,读出某种主动性和超越性;

……

当然,这种手工活毕竟太耗时间,毕竟不足以抵消严重的短缺。在一个信息速生和知识高产的时代,急匆匆的现代人还可能抄书么?

骗　书

"灰皮书"、"黄皮书"、"白皮书"等统称"皮书"。这是指中国上世纪六十年代至八十年代的一大批"内部"读物,供中上层干部和知识人在对敌斗争中知己知彼,因此所含两百多种多是非共或反共的作品。如社科类书目里的考茨基、伯恩施坦、托洛茨基、铁托、斯大林的女儿等都是知名异端。哈耶克《通向奴役之路》也赫然其中。至于文学方面,《麦田里的守望者》(塞林格)、《在路上》(凯鲁亚克)、《厌恶》(萨特)、《局外人》(加缪)、《解冻》(爱伦堡)、《伊凡·杰尼索维奇的一天》(索尔仁尼琴)、《白轮船》(艾特玛托夫)、《白比姆黑耳朵》(特罗耶波尔斯基)等,即使放到百年以后,恐怕也堪称经典。

经过一段停顿,一九七二年"皮书"恢复出版,虽限于"内部",但经各种渠道流散,已无"内部"可言。加上公开上市的《落角》《多雪的冬天》《你到底要什么》一类,还有《摘译》自然版和社科版两种杂志对最新西方文化资料的介绍,爱书人都突然有点应接不暇。春暖的气息在全社会悄悄弥漫，进一步开放看来只是迟早问题。如果说一九六八意味着秩序的基本恢复，那么一九七二是否意味着文化的前期回潮？这是一种调整还是背叛？是"文革"被迫后撤还是文革更为自信？

从后来众多当事人的回忆来看，他们青春岁月里都有"皮书"的影子。一些观察者还把"皮书"与后来的"四五"天安门事件直接联系，与我的感觉大体相通。

书店里重新有了活气。我认识的省内各位老作家和老编辑，也在这时陆续离开乡村或干校，回到城里操持旧业。他们恢复了两个文学期刊，从来稿中发现我，几次让我来省城开会，于是提供了更多求学机会。当时省城最大的两家书店都有"内部图书部"，一般设在二楼偏僻处，购书者需亮出相当级别的介绍信方可进入。不过这种管理措施实嫌粗糙，一纸介绍信算什么？用蜡纸和钢板成功伪造过印章的学生娃，伪造过大串联证明、肉票、火车票以及病历的家伙，还能被一张介绍信难倒？这一天，我和朋友用草酸溶液把一张旧介绍信的字迹退掉，再烤干纸片，小心执笔，填上购书内容。

我们须穿得像样一点，比方借一件军大衣（内部么，干部么，不能衣冠不整）；还约定到时候不能过于急切（公差么，让人提不起精神）。有关台词也设计好，到时候一个要催促，表示出对购书毫无兴趣；另一个要表示为难，似乎职责所系，不得不公事公办。如此等等。

照看"内部"书的是一大妈，果然没看出什么破绽。看我们爱买不买的样子，反而有了推销的热心，表现出当时少见的业绩意识。

"这本书很反动的，很多人都来买的。"她拿出一本我忘了书名的书，舍不得我们离开，"你们不拿去批判批判？"

"真的有那么反动？"

"我还会骗你？我都看了，里面有爱情！"

"首长说了，爱情就算了，我们主要任务是批判帝国主义和修正主义。"

"生活作风也要抓呵。你没看见现在有些年轻人不学好样，骑一辆自行车油头粉面的，我看了就恶心！"

我们终于被说服，给一个面子，买下了这一本。对方很高兴，见没什么再能吸引我们，便说仓库里还有些旧书，不属于"内部"，是否要去看看？这样，我们跟着她来到仓库，穿行于架上、桌上、地上的各种书堆，在浓浓灰土味中又挑了一些。大妈给这些书打包的时候，有一种眉开眼笑的成就感。

当然，诈骗犯也不是次次得手。有两知青曾因伪造借书证败露，被挂上大牌子，在省图书馆门前整整示众一天。另一次，一知青朋友被捕。我不知道出了什么事，不知道这家伙在警察面前能否扛得住，急忙做好应变准备，包括把家里所有"内部"书清出来转移，怕万一被发现，扯出藤藤蔓蔓，多出一条罪名。几个月后嫌犯回到家里，原来他是卷入一桩销赃案，只需要退赃款交罚款，倒也有惊无险。我这才去取回自己的书。不料替我临时保管书的那位脑子里进水，一直没把这些书当回事，听任来客东一本西一本地拿走了大半，事后又不记得来客是哪些人。

我悲愤莫名，恨不得同这个饭桶大打一架。

醉　书

朱某是一工人，写过很多诗，但从不参加官方支持的工人写作组，只是把纸片拿给三两密友看看，看过就撕碎，觉得这才是诗歌的正常结局，是保证写作纯洁性的必需。他从无存稿，不允许朋友为之传播，所以我无法引用他的作品。我只记得他的诗句总是别出一格，让人惊悚和伤心，而且脑子里乱套，好几天里对任何生活细节都警惕分分，差不多是一只受惊老鼠。波德莱尔、艾略特、庞德……是他经常提到的名字，就像后来一些知名诗人那样。因此，我总觉得诗坛里还应有一个名字，但这个名字最终当老板去了，遇到我时也不再谈诗，只谈股票的走势。

胡某也是一工人，有自己单独的书房，还经常向我偷偷提供"内部"书——这因为他父亲是官员，后来还进京出任要职。我在乡下时，他常常写来超重的信，用美学体系把我折磨得头大。休谟、康德、尼采、克罗齐、别林斯基、普列汉诺夫……天知道他读过多少书，因此无论你说一个什么观点，他几乎都可以立刻指出这个观点谁说在先，谁援引过，谁修正过，谁反对过，谁误解过，嘀嘀嘟嘟一大堆，发条开动了就必须走到头。因为他成为某电机学院的工农兵学员，我后来与他断了联系。他为什么要改学电机？他那些超重的美学怎么说丢下就丢下了？

那时，老一代知识分子因书惹祸，大多谨言慎行力求自保，倒是一些少不更事的青年可能读得率性和狂放，在社会底层藏龙卧虎兴风作浪。秦某也是这样的书虫。他长得很帅，是我哥朋友的朋友的朋友。一个未遂的地下组党计划，还曾在他们这个跨省的朋友圈里一度酝酿。有一次他坐火车从广州前来游学，我和哥去接站。他下车后对我们点点头，笑一笑，第一句话就是："维特根斯坦的前期和后期大不一样，你说的那本书并不代表他成熟的思想……"这种见面语让我大吃一惊，云里雾里不知所措，但我哥熟门熟路立刻跟进，从维特根斯坦练起，再练到马赫、怀特海、莱布尼兹、测不准原理以及海森堡学派，直到两天后秦某匆匆坐火车回去上班。在这个哲学重灾区的两天里，我根本插不上嘴，只能做些端茶上饭的服务。他们也似乎从不觉得身边有人，只是额头对额头，互相插话和抢话，折腾出各自的浑身臭汗。我的未婚妻来过一趟，送来蔬菜和水果，秦某看都没看一眼。

老妈要我哥拿着空瓶去打酱油，其实是想让儿子歇歇嘴。没料到我哥出门，秦某也跟着出门，似乎不愿浪费一分一秒，不惜把哲学战争一路打向杂货店。

奇怪的是，这位哲学狂人后来金盆洗手而去，听说是结婚了，离开航运公司了，替朋友去澳洲打理生意去了，相关消息有三没四。就像前面说到的朱某和胡某，他一直未能在新时期知识界喷薄而出——其实他比我见过的某些教授要聪明十倍，完全有这种可能。他卖过血，他妹妹卖过血，以筹集他游学全国的经费，一切似乎都正是为了这一天。

作为我心目中一个个亲切的背影，作为"文革"中勇敢而活跃的各路知识大侠，他们终究在历史上无影无踪，让我常感不平和遗憾。也许有生活难题捉弄了他们？有性格毛病羁绊了他们？也许他们清高得不屑于浮出地表，不屑于在名人圈里对牛弹琴？

事情还可能是这样：在一个没有因特网、电视机、国标舞、游戏卡、MP3、夜总会、麻将桌以及世界杯足球赛的时代，在全国人民着装一片灰蓝的单调与沉闷之中，读书如果不是改变现实的唯一曙光，至少也是很多人最好的逃避，最好的取暖处，最好的精神梦乡。生活之痛只有在读书与思维的醉态下才能缓解。何以解忧，唯有文章，是之谓也。因此，一个物质匮乏的社会，或者说一个危机四伏的社会，反而最可能产生精神渴求；而一个机会密集、利益汹涌以及享乐场所环伺的时代扑来之时，真理的镇痛效应和制幻效应是否会如期减退？醉汉们是否应该及时地清醒还俗？

那么，我应该为他们不再需要镇痛和制幻而欣慰吗？应该为他们在知识苦恋之外找到更多的兴趣、忙碌、实惠以及体面而庆幸吗？

或者我不应该为他们的失踪而欣慰？不应该为我们一具具幸福皮囊下迅速繁殖的平庸而庆幸？

To be, or not to be?（是，还是不是？）

一代失学者的漫长假期早已结束了。"文革"远退到三十多年前。文明似乎日益尊贵、强盛、优雅、丰饶、金光灿烂。但对于很多人来说，读书其实是越来越难——如果这些书同文凭和实利无关。一颗颗灵魂在舒适而惬意地入睡，不需刺耳声音的惊扰。正如一研究生曾三番五次地问我："老师，学文学到底有没有用呵？"我看得出，他一直没在意我此前的解答，不过是想在交出论文之余，再次求证一下他的文凭到底能否升值，能否给他带来一百万或两百万，能否让他过上出人头地的好日子。我终于沉不住气："我容许你把这个问题问一遍，问两遍，问三遍，但不容许你问第四遍！"我甚至扭头就走，回头再补一句："如果你并不爱文学，现在改行还来得及！如果你对什么也爱不起来，现在退学也来得及！你其实不必要太亏待自己。"

我肯定把他吓坏了。

对不起，我忘记了他并非圣徒，只是一个娃娃。从他所处的康乐时代来说，从他眼下远离灾难、战争、贫困、屈辱的基本事实来看，他确实没有太多理由热爱文学，那么累心和伤人的东西。

这是他有幸中的不幸。

二〇〇八年五月

能不忆边关

从未见过这么多军卡、大炮、坦克以及车载火箭，串成一条盘山绕岭的铁龙，连接了长天两端的地平线。铁龙是暗红色的，蒙上了红土地的尘垢。

都停车了，天地间顿时一片寂静，数以万计的人在路边一齐撒尿。他们灰头土脸，纷纷搓去耳后的泥，吐出嘴里的沙。在他们周围，树叶、草叶以及水磨房都红若铁锈——不知起于何时的滔天尘浪正顺风而去，使路南一侧的天地变色。

枪口幽幽缄默。刀刃闪闪流盼。一箱箱炮弹是亲切的枕头和床榻。40火箭筒或82无后炮成了玩具，或者说牌桌上的刑具，挂在倒霉蛋的脖子上，一直要挂到他杀出败局。扑克已洗牌好几轮了，好几轮了，有人不耐公路塞车，用步话机纷纷呼叫。骂娘的，喊天的，摔话筒的，口音南腔北调。

据说前面的坦克翻下山了。据说前面有敌方特工的情况。还听说前面两支部队在争路，互不相让……消息五花八门，不知哪一条是实。挂着伪装网的北京吉普212在逆行道上蹿来又蹿去,一副要解决问题的样子,似乎也没解决什么。

我们被安排到附近一处农舍。旁边是破旧小学。警卫员拿来压缩饼干和午餐肉罐头,不知又从哪里找来几棵白菜,打出一锅热汤。当地官员和老乡也来了,押来两个来自敌方的小贩,没有身份证明的那种,是不是探子,一时无法查明。他们又连连说对不起,称前面过去的部队实在太多,粮库早已搬空,猪羊统统变成了白纸借条,战时体制么,乱了,谁都是先下手为强。他们眼下两手空空,愧对远征之师,但还是带来了半桶黑米粑粑。一位老人说:这些粑粑是"解放饼",以前叫"关公饼",蘸了鸡血的,掺了剩饭的,你们非吃不可,一定得吃。

"鸡"谐音"吉",意在逢凶化吉;"剩"谐音"胜",意在旗开得胜——这当然是老乡们好心的小迷信。

一

几个警卫员盯住了采访组,白天给我们带路,防止误入雷区;晚上严禁我们户外活动——即便我们记住了口令,紧张过度的哨兵也可能稳不住指头,没等到口令就射出一梭子弹。据说这种事已有先例。

受长官们关照,我们不可能去最前线,顶多是在停战期间沿着交通壕进入前沿,在掩体里探探头,插插腰,像旅游者观看风景。前面的山川一片宁静,草茂林稀,薄雾轻云,三两鸟雀不时绕飞。不过是普通得不能再普通的张家湾或王家坝子么,凭什么吓得我们一路蹑手蹑脚屏声息气?

敌方特工的渗透时有所闻——据说前不久我方一个师级野战医院惨遭偷袭。这使后方也成了前方,大家对任何外人都神经兮兮,无论男女，无论是否说中国话，总得多盯上两眼，枪口先对准再说，枪机保险全部打开。据战士们的经验，对中国话还要更多警惕才是，前不久敌方特工就是靠哼着《三大纪律八项注意》的曲子，骗过我方哨兵，在偷袭中占了便宜。

突然有人一声怪叫："有情况——"接着就是哒哒哒一串枪响，让我们都惊出一身汗，紧急分散和藏身。我趴下的地方是一堵土墙的墙根，朝门里偷偷探一眼，发现这里原来是臭烘烘的茅房。

片刻之后有人高喊："不要打！不要打！……"原来前面晃动草丛的后面，不过是一头牛——我随后也看清楚了。

要不是有人叫停得快，可怜那头老牛就会顿成肉筛子。

阎团长赶过来，大骂手下人神经过敏，没看清就狂呼乱叫。他后来向我们叹息，说好多年没打仗了，甚至不大练兵了，政治运动翻来覆去，连营团级长官也多是嫩秧子，到这时候能不紧张吗？听说有的人当了几年种水稻和盖房子的兵，枪都没摸过几回，初上战场时根本不敢伸头，只会对天开枪。更严重的是，有的长官连地图坐标也不会看，带着队伍上了山，把自己的位置报错。结果炮群一个基数的急速射，队伍就在自家人的炮火覆盖下血肉横飞找不到北——他们以及他们的亲人肯定没想到过这种死法。

第一批伤员从前线送过来了。无腿的，无手的，号叫的，挣扎的，一片血肉模糊和浓腥刺鼻，使"战争"这个抽象的词，已经听得耳熟但仍然有点虚幻的词，突然变得尖锐和沉重，轰然砸了过来。我的腿已经有些发软。事情是真的了——虽然我已经十多次这样想，但无法不再一次严重地想到。

二

军营里醉酒几成常态。当官的喝，当兵的喝，大概都想用几口酒壮胆，也洗却一些闹心的事。阎团长醉得最厉害的一次，是我们在一个叫沙岭的地方再遇M团的那个晚上。他领着手下人刚参了一次不算大的战斗，眼睛红红的，嗓子已沙哑，浑身一股酸臭，当着我们的面豪饮无度还谎报军情："报告，我正在带人抢修便桥，正在山上砍木头……您就放心吧，完不成任务我提头来见！"他丢下话筒，满不在乎地咬下一个瓶盖："喝！满上！谁都不准耍奸！"

这天晚上没见他砍木头，却见他至少吹下两瓶茅台。喝红了脸就骂天骂地。先是骂什么姓魏的在后方装病，临阵脱逃，推责耍奸，王八蛋，龟儿子。然后骂Y团谎报战功，臭不要脸，也是王八蛋，龟儿子。最后骂后勤系统盖大楼有钱，买进口车有钱，吃得一个个浑身长膘，就是要命的钢盔缺货——"这头盔是金子打的还是银子打的？是高科技产品做不出来？还是嫌我们这些尿壶脑袋不配？"

我听说过，这个团的钢盔短缺三分之二，带钢板的防刺鞋也迟迟不到位，因此很多伤员不过是被竹签铁钉伤了脚。

在他烂醉如泥倒在床下之前，上面的政治官员也难免狗血淋头："吃饱饭没事干呵？嘴巴皮子谁不会耍？站着说话不腰痛，今天一个通报，明天两个文件，以为我们下面这些人在拍皮球捉蚂蚱？优待俘虏，秋毫无犯，唱歌打快板，挑水割稻子……操！害死我们多少弟兄。他们自己怎么不来玩玩？"

两个警卫员把阎团长架回团指挥所去。"郝团长我告诉你，你得听我的。"他临走时一把抓住我，把我当成友军兄弟，"千万不要听他们放屁！要想少伤亡，你就得狠，就得王八蛋，就得把政策擦屁股……"

送走这位酒鬼,我与一位同行大摇其头:这样的团长也能打仗?

三

　　终于从40倍的潜望镜里看到了敌人。一个光膀子男人,歪戴草帽,穿一条白短裤,操铁锹维修工事。另外两个上半身也露出来了,似乎合力搬运着什么。在他们上方,一片灌木林那边,一线曲曲折折的散兵工事若隐若现,有沙包、油桶、粗树干,还传来断断续续的人语——此时的山谷太静,声音常常变得远近莫辨。

　　他们看上去像是平民,老少混杂的乌合之众。但这些人靠一个连或一个排的小规模,化整为零,时进时退,凭借有利地形,一直与我方主力死缠烂打。据说迄今为止是1∶1的伤亡率,比教科书上的常规比率"攻三守一"要好得多——这是司令部记者招待会上的通报数据,但闻者大多生疑:怎么从前线下来的伤员那样多?

　　坦克在这种山地放不开手脚,只能纵排单行。一遇必须减速的弯道,这种坦克常常是肩扛火箭筒的活靶子,还会成为后续坦克要命的路障。后续坦克一阵咣咣咣地硬撞和强挤,才可能挤开前面的损毁坦克,重新打开通道,简直是要活活地把自己逼出屎来。炮群倒是我方一大优势,一吼就是红了半边天,地动山摇,烟火蔽日,天昏地暗,把山头削平,把地翻筛几遍,炸出一片片无氧的窒息区,炸出一座座十几年内难长草木的光山秃岭。也许正是看到了这一点,敌方主力在战争初期就是缩,就是躲,就是忍,倒是发动民兵和老乡来死扛,让你拳头砸跳蚤,明枪对暗箭,很多时候打得犹豫和别扭,也打得特别惨烈——这大概是官兵们火冒三丈的原因之一。

　　打扫战场时,战士们发现了一个血流满面的敌军伤员,好心地用急救包简易处理,再把对方背下战场。但对方在摇晃中醒了过来,悄悄旋开背负者腰间的手榴弹盖，乘人不备拔出了拉火环……

一些战士冲进了一条小街，只发现几位老人，对路边一个放牛娃也没在意。但他们随后总是被冷枪袭击，先后有一个炊事员、一个电话兵、一个排长莫名其妙地倒下。杀手到底在哪里？他们把街前街后再搜索了一遍，一无所获之下，不得不把目光投向放牛娃。有人上去搜身，果然在对方衣袋里发现了一支手枪，枪管还热。事情到此就难有其它结果：少年杀手挣脱逃跑之际，哇哇大哭的士兵们一齐开火，密集的机步弹把小小背影几乎拍成了一片肉质粉末。这还不够，坦克又冲上去再把零乱残体再碾压一遍……

在另一个村子，战士们累得大口喘气，浑身汗湿，喉舌冒烟，但不敢随便喝水。一只头戴棉帽的鹰走过来了，其实不是鹰，是一位干瘦如鹰的老妇，看了战士们一眼，漠然地走开去。看到这位老妇去田边一口浅水井喝水，几个战士放下心来——她能喝，大家当然也能喝。没料到这几个呆子一步踏入圈套，不一会就口吐白沫，嘴唇乌黑，眼球暴突，硬挺挺地倒在水井边。其中一位临死前没忘记朝水井甩了一束手榴弹，以防其他战友跟着中毒。不难想象，那个成功诱敌的老妇也没走多远，丧命在村口。战士们看得心里发毛的是，老妇竟然嘴角含一丝微笑……

官兵们哭诉着这些故事，清理战友尸体时泪流满面，事后还可能发出一声声号叫，互相头顶头地揪扯或厮打，用这种办法来尽力平静自己。奇怪的是，悲伤之泪常常是最大的战斗力，是最纯质的忠诚和最烈质的勇猛。用阎团长的话来说，有伤亡了，有大伤亡了，谢天谢地，仗倒是好打多了——当活生生的战友不再醒来，当朝夕相处的面孔突然爆成肉泥，哪怕两分钟前还多愁善感的书生，哪怕一分钟前还吓得尿裤子的软蛋，都可能泪流满面，眼一红，牙一咬，变成狂怒的疯子。"要那么多政治工作做什么？"阎团长曾经冷笑，"见血，死人，就是最好的政治工作！"

D城、F城、R县、342高地、773河口……后来好几个速决战，也许就是在泪雨横扫之下一一搞定的。特别是打到K河时，明明说不得过河，但疯了一样的士兵哪管命令？哪有工夫理解命令？师部一个参谋说，当时连长叫不住或找不到排长，排长叫不住或找不到班长，班长叫不住或找不到战士，全乱套啦。一些士兵跑得帽子没了，鞋子掉了，甚至没子弹了，但光着脚丫子也在K河那边多追了七八里。连炊事兵也抓颗手榴弹狂追——其实你追上去能有多大用呢？就不怕大家到时候饿肚子？

四

小夏因为打架和赌博，高中没混完，没人管得住，父亲才花钱买人情，把他送入部队"劳动改造"——这是他自己说的。

出征途中，他也被剃成了光头，镜子中的小波浪发型从此不再。他没法逛街下馆子，压缩饼干的又咸又甜让他翻胃欲吐。好在早操取消了，不查内务了，没人找他唠叨旧社会了，他可以多睡觉，熄灯号之后收听美国的广播也没人管——这时候的军营空前自由，自由得让人稍稍不自在。人人都写下了遗书，于是预备烈士之间怜爱大增，宽容大增，好脾气大增，增得你心里发怵。胸前满满四个弹夹更是随意喝酒和骂娘的权利。用小夏的话来说：这时候谁还敢得罪人？不怕老子在战场上打黑枪么？

他知道自己贪生怕死，只是不知事到临头时更丢人，擦拭过上百遍的冲锋枪没放一弹就不翼而飞。事后想起来，不知它去了哪里。当时炮火向前延伸，冲锋号吹响，高地上人影错乱，子弹打得石屑和碎叶狂飞，自己没看清敌人也没看清战友，一声哇，捂着双耳就钻进石头沟。

他不知自己怎样脱离了战场。肯定是跑晕了头，等他缓过气来，回过神来，发现自己孤身面对一片山谷。他不敢去找部队——枪都丢了，还有脸见人？不会被军事法庭打入大狱？

他继续一路狂跑，朝着地平线上家乡的方向。

事后证明这主意也不靠谱。且不说可能的地雷，且不说饥饿、风雨以及毒蛇，他一身军装足以惹祸，碰上敌人小命难保。到第二天，他已经一身泥污一脸泪，在青苔上一步滑倒滚至坡底，把逼迫自己参军的父亲骂了个体无完肤死有余辜。现在他该怎么办？他会饿死或摔死？要是落入敌手，他是不是得准备投降？是不是要下跪、谄笑、写悔过书并且去广播电台大声宣读？……就在绝望的一刻，他听到了坡下林子里有人声，仔细一听，竟是中国话，中国话呀！事后才知道，那也是一支打穿插的部队，多是广东籍士兵，正急匆匆直扑W县城。

"同志——"他忍不住大喊一声，哇的一声哭了。

对方发现了这一脸泪水，问他的名字，部队番号，拍拍他的肩膀，用猪肉和黄豆罐头把他喂得两眼翻白。

"算你运气好。要是碰到敌人，不把你开膛破肚才怪。"一位长官这样说。

后面的故事，是我采访其他官兵而得知的。这个连伤亡很大，特别是在穿插的最后阶段，原计划是部队过完了再炸桥，没料到工兵忙中出乱，这个连还没过河，桥已经轰的一声炸塌。大部队奉命对W县城准时发动侧攻，无法回援和等待，只能狠狠心留下这个五连自寻出路。于是，在接下来的突围中，连级干部全体阵亡，排级干部伤亡过半，加上野战电台丢失，大家完全是群龙无首。几个党员组成的临时支部商量来又商量去，意见难以统一，不知如何是好。小夏在一旁看得着急，看得冒火，忍不住跳出来骂娘，说你们打算在这里过年呵？在这里孵蛋呵？再这样屎不屎尿不尿的，不想活是吧？

大家面面相觑。没人不想活，问题是谁能给一个活法。

不要说了，听我的！这个陌生面孔不把自己当外人。他把指南针夺过来，摆上几个石头比划，三下五除二，就决定了突围方案。对不同的意见，他左一个"你脑袋被门夹坏了"，右一个"你脑袋被鞋底拍瘪了"，一张臭嘴与其说是辩论，不如说是辱骂。

他算哪一盘菜？但有些人知道他，这外来户身手灵活，测射程，爬绳梯，打火力点，都颇有能耐，刚上手的喷火器居然也能玩得转。

凭什么听你的？有人又问。

知道俺大伯是什么人吗？军长见了都得立正，吓死你！

后来的事实证明，他的决定很及时，吹牛和嘴臭也无伤大雅。他不过是利用自己当年聚众群殴时的战法，带着大家见弱就欺，见强就溜，包括一路丢水壶，丢弹夹，丢军帽，虚虚实实，扰乱和引开追兵。在最后断粮的日子里，还是靠前人渣或准流氓的经验，他放烟熏走一窝野蜂，用满满几头盔的蜂蜜，补充了大家体力。

在团部的战情报告里，这个五连在几天前已"全体殉职"。看到"夏连长"带着三十几个人奇迹般归来，首长们真是惊喜过望。但这位编外连长的一条腿没有回来。当时他一脚踩出不祥之感，顺势急滚，已来不及了。他眼睁睁地看见熟悉的腿、熟悉的鞋袜、熟悉的破烂布片随着泥雨喷放而腾空而去，在烟浪中旋转，在天空中飘摇——那一刻在他的记忆里宁静而且漫长。

奇怪的是，他还一直有这条腿的感觉，比如还能感觉到膝盖的痛，脚跟的痒，只是摸到那里的时候，只能摸到一条空空的裤管。他不再说一句话，圆睁双眼目光发直，躺在后方医院以后，床头出现了师首长、大红花、红领巾、大堆慰问信以后，还是这个样子。护士说，十多天了，他每天晚上睡觉也大睁双眼，眼皮一直合不下来。

五

一匹白马奇迹般从敌后归来了。这肯定是哪个侦察排或通讯班的，肯定经历过战斗，满屁股血渍就是证明。

战士们猜测，它想必听到了山顶上高音喇叭中的对敌广播，听到了《大海航行靠舵手》熟悉的音乐，才得以翻山越岭，找到归家的方向。

正是它的归来，让师部有了一个新决定：山顶上的高音喇叭改为最大音量二十四小时不间断广播，高瓦数的探照灯也在入夜之后一齐射向敌后，为那些可能还幸存的士兵，可能还幸存的马，指引回家的路。

但很多人没有回来，包括那位阎团长——他与我前后相处过几天，满嘴的酒气和牢骚话曾让我暗暗惊讶，把几个干部子弟从连队抽调到团部罩起来，大有媚上营私之嫌，更让我失望和小看。没想到后来的事情是这样：采访组离开之后不久，他带着一个摩托化营插入敌后，不料途中遇到伏击。他在乱枪之下多处受伤，不愿当俘虏，不愿再痛苦，便开枪自杀了。据逃脱了的士兵描述，敌人放火烧毁了团长那辆吉普。因此事后能找回来的，只剩下团长一颗帽徽，一个皮带扣，还有一个烧变形了的水壶。

我知道，他经常用这个水壶装酒。

他经常就是摇着这个酒壶说些不着调的怪话。

我来到安葬烈士的墓园，向阎团长和他的战友们献上了一束野花。一位本地老妇在我身旁哭得厉害——其实她不是死者的亲人,连熟人也算不上,不过是路过这里,丢掉竹杖,捂住嘴巴,折腰便哭,声音如微弱的猫噍。也许,她只是见不得死人,看不得伤心事,一看就得止不住长嚎。也许,她只是可怜这些娃娃们没有亲人相送,可怜这些死者往后很难被人们长久惦念,更是为自己将来可能的忘却而痛彻心肺。

能证明这一点的是,墓园另一侧有几具待葬的敌军尸体,也被老妇哭了一番。一位本地汉子,大概是她的亲戚或邻居,对此感到很没面子,跺着脚粗声埋怨:"老糊涂了呵?你哭错了,哭错了,哭乱了套了⋯⋯"

老妇还是一意孤行地揪出一把把鼻涕。

她也许没怎么哭错。不是吗?当娃娃们放下武器,就没有多大的差别了吧?都有父母抓挠过的头发,都有弟妹攀爬过的肩膀,都有老师打量过的一脸腼腆或倔强,都有日晒雨淋过的古铜色皮肤和血迹斑斑的衣衫⋯⋯她一个老太婆都看清楚了,已经不需要看到别的什么了。

六

以为还有大战,但似乎没有了。前方连日来一片宁静,转送重伤员的直升机也不再光临,营区渐渐恢复了早操和卫生检查,但因为驻军太多,以至营前的渠水半个月来一直是浑如泥汤,泥汤洗涮之下的大家实在卫生不到哪里去。

偶尔传来冲锋号和喊杀声,飘来一浪浪刺鼻硝烟,不过那只是摄制组补拍镜头。北京来的摄影师没赶上趟,或没胆上战场,但又不能没有冲锋杀敌的镜头,便让官兵们一次次事后排演,累得大家气喘吁吁,大汗淋漓。

拍到第三遍。效果还不够理想，官兵们只好疲惫不堪地往山下撤，再一次等待烟火师的安排，等待导演的举旗发令。

我就是在这里认识了孙主任，一个自带梳子、香波、熨斗、吹筒以及成天埋怨没有净水洗澡的制片人。在Z城再遇他的时候，他领着摄制组一伙从西线回来，大概导演后来补拍了更多好镜头，声称当年的国家级大奖他是拿定了。也许是几次聊天聊出了兴致，他打电话让某政委送几箱茅台酒来的时候，也给了我两瓶。他让市政府公费安排名胜景区四日游的时候，把我和老王头也拉上面包车。"有一个熄灯舞会，很好玩，很现代派的，你们要是感兴趣的话……"他说得神色诡秘，笑着挤一挤眼睛。

我们在景区的这里或那里拍照留影，看少数民族的歌舞和日本的新电影，吃着公费开支的各种佳肴美食直到杯盘狼藉。客人们在席间交换购物经验，并且按孙主任的要求，无论买什么都索要发票，没有货名和人名的那种，交给他去处理。

我对这种发票收集略有诧异，终究没说出什么。

眼前一片灯红酒绿，似乎离战争很远，离山坡上的军人墓园很远——虽然它们不过就在起伏山脊线的那一边，在苍茫夜色之下。我们与那里有什么关系吗？我们是他们牺牲的意义和价值所在吗？我们就是他们需要拼死保卫的同胞、人民以及兄弟姐妹吗？我恶狠狠的疑惑挥之不去：这里的游赏和享乐，海吃和豪饮，还有可疑的发票，是否真值得他们在山脊线那边赌上自己的性命？

很多战争都发生过了，很多人为我们挡住了子弹和刺刀。好了，自从有了这些死亡，自从有了生存机会的不平等分配，有了人类生命的大笔删除和大块空白，幸存者的日子成了奢侈，成了负债，甚至是一种肥厚的无耻。

我把发票交给孙导时忍不住这样想。

> 昔我往矣,杨柳依依。
> 今我来思,雨雪霏霏。
> 行道迟迟,载渴载饥。
> 我心伤悲,莫知我哀。
>
> (《诗经·采薇》)

七

谁还愿意与我说说墓园?说说整个山坡上的茫茫白色?说说白色坟碑一排排延绵到山顶的惊人视野?

洪某,徐某,刘某,李某,宋某……碑面上是一个个陌生的名字。他们是谁的兄弟?谁的儿子?谁的邻居和同桌?他们在蓝天慢慢旋转的那一刻倒下,在山林与河湾最美丽的那一刻倒下,再也不能回到故乡。

因为战场上遗体零乱不易清理,这些埋入异乡的不乏完尸,但也可能只是一条腿,一只胳膊,甚至一个笔记本或一顶军帽。偶尔错误地埋入别人甚至敌人的尸骨,也说不定。因为国家困难,按当时币值,这些人的家属只能获得三百元抚恤金——我听到这个数字时立刻想起19管车载火箭,想起丛林里那一排排发射架的缓缓升起。据说每发火箭弹造价两万。那就是说,当号令旗一举,在火海腾升和空气撕裂的声音中,仅一个单车齐射就是近四十万,就是近两千血肉之躯的市场价格刷刷刷呼啸而去?

这种火箭其实太老旧,也便宜。我还没说到89式40管或122型50管的车载火箭,没说到B-52战略轰炸机和094核潜艇,没说到巡航导弹和航空母舰……无战的天国至今距离人类仍然遥远。那么这些现代战争装备天文数字般的造价，这些人类社会中最精美的恶毒和最昂贵的虚无，总是使任何高额抚恤金的比值都几可忽略不计，生命价值一次次在刹那间狂贬至零。

一位总部首长从北京来了，听说墓园一事大为生气，称这件事办得太缺心眼，简直是猪脑子当家。搞得惨兮兮的一片，不会影响士气么？不是浪费土地和材料么？依这位首长指示，依当年淮海战役中的做法，烈士们集中下葬，大墓一个，大碑一个，搞个隆重的追悼会，事情就齐了。

墓园施工停了几天，但最终没有改过来，原因是C军军长的固执。我远距离地见过这位军长一次，知道他脸黑，脖子短，丑得像个烤红薯，平时喜欢骑马而不喜欢坐车，喜欢蹲着吃而不喜欢坐着吃，走起路来咚咚咚的谁也跟不上。作为一个出身木匠的老粗，他也许确实缺心眼，不懂什么政治，甚至满脑子旧观念。"凭什么我的兵都要大合葬？他们没捞个好活，难道还不能得个好死？"

他激动得一脸黑肉更丑陋了。"到时候当爹妈的，来烧一把纸，摆一碗饭，说几句话，总得有个地方吧？"

说得军部的人都没吭声。

"以前家属来探亲，都有一个单独房间。以后他们要是来走一走看一看，你拍着胸口想想，把他们往哪里带？一个活人不见了，连个名字也不给留下？"

有两个小干事差点哭了。

"你们就这样去回话，说这个错误我犯到底了——"

"军长，军长，听说上面很冒火……"

"他们冒火，我还要骂娘呢！"

军长把帽子朝桌上一甩,把袖口一挽,去工地指挥施工,用马鞭指着这个或那个,把工兵营的汽车和推土机轰赶得飞跑。依他的命令,不但要照计划分葬,还要一人一口棺材,一人一面国旗裹尸。事后一个未经证实的说法是:就因为这种胆大妄为的抗命,他背了一个大过处分,在军党委会上做过检讨。

八

十多年后的一天,我持旅游签证进入当年的敌国。这个国家早已回到和平与建设。离边境不远的H市眼下到处是广告、商铺、机动车、叫卖声、流行音乐,还有偷偷求兑美元或者人民币的小孩。仿欧的宾馆大堂里,墙面光可鉴人,花丛芳香扑鼻,服务员大多说得出几句汉语。导游就更不用说了——小姑娘能唱中国当红电视剧里的插曲,抖几个中国最新的流行词,让客人们兴奋不已。

同中国一样,这里已全无当年战争的影子,就像那件事不曾发生。即便很多战事仍受到隆重纪念,但遗忘十多年前的那一段,似乎成了当事双方的默契。你在这里找不到老墙上的弹孔和老树上的弹片,更找不到有关纪念馆、印刷品、影视片以及老兵聚会,甚至很多时尚青年对你的提问茫然无知。在一再追问之下,导游姑娘也只是淡淡一笑:"没什么呀,兄弟之间有时也要打个架呵。"

宴会中的当地旅游局官员也这么说。

杂货小店里的老伯和老婶也这么说。

我当然也会——这么说。

简直是出自同一套标准答案,是统一的删除格式。当然,人们记住了战争又怎么样?第一次世界大战被记住了,往日的交战国只是在欢呼和彩旗之下军舰互访。第二次世界大战被记住了,往日的交战国只是在礼炮和花雨之下军乐队同台演奏。历史已经翻过去了，已经褪色与风化，后人在碰杯，在拥抱，在握手和飞吻，一笔勾销了沉重宿怨。我们文雅而富裕，我们用现代文明人足够的宽厚、仁慈、友善以及热情，让天上的亡灵困惑或者欣慰，痛苦或者快乐——他们在外交礼仪中将成为暧昧的过去。作为和平的代价，他们的意义似乎正实现在他们被避讳、被含糊、被遗忘的时候。换句话说，遗忘成了他们最崇高也最残酷的一枚无形奖章。

但活着的亲历者和当事人怎么能遗忘？是否要等到所有亲历者和当事人也都被遗忘的那一天，文明的奖章才最终得以生效？

我不知自己该困惑还是欣慰，该痛苦还是快乐。也许是，也许都不是。我在这里无法入睡，只得去寂寞的路灯下信步闲逛，买了一瓶水。我不会再打听什么，不会再打听一个伤员和手榴弹的故事，一个放牛娃和手枪的故事，一个老太婆和水井的故事……当然还有很多我年轻同胞的故事。我相信，导游姑娘不会知道这些，甚至没兴趣知道。她眼下只关心如何去中国留学，让她的中文更流利，今后做生意更方便。

但我以水代酒偷偷浇洒在地，为很多人。

为今夜涌上心头的一张张面孔。

不，还有战马的面孔。

二〇〇九年四月

世界

一

很多年前，我在湖南的汨罗江边插队，常听当地一些农民聊天。在我那个村子的附近，山头还有抗日战争时留下的战壕，偶尔还能在草丛或荒土里找到一颗锈垢缠裹的颗粒，磨一磨就亮出铜泽——是子弹。子弹证实了史料上的记载，那里曾经发生政府军截断长岳公路的阻击战。

农民把兵称为粮子。农民说日本粮子好可怕，说那时候一个受伤的日本粮子进了村，可以吓得全村的男女老少跑个精光。

对付这个兵，还是个掉队的伤兵，上百号男女没有人想到还有另外一种方式。

我对这种说法大为吃惊。我从农民的笑谈中洞见了另一种真实，一种耻辱感挥之不去的真实。我很不情愿地明白，这个民族自清末以来一次次成为失败者，除了缺少工业，还缺少另外一些东西。

二

多少年后，一九八九年的法国巴黎曾经有一个酒会。主人是来自台湾的一位文化高官，主宾则是大陆一些有名气的文化人，还有少数几个法国朋友应邀作陪。主人明明可以说一口漂亮的国语，也明明知道他的主宾们听不懂英语，但更愿意用英语致词。译员当然是有的，但只把英语翻成法语，把面面相觑的一大堆中国人晾在一边。

一个中国留学生觉得不对劲，准备提请主人注意到这一点。居然有一位作家拉住了他的衣袖："不要非礼，这可能是人家的习惯。"

一种奇怪的形势就这样持续下去。主人对主宾们致词，压根不在乎对方能否听懂。这种绝非疏忽的轻慢，竟然有受辱者毕恭毕敬地容忍，而且不准别人代为反抗。

中文是世界上四分之一的人口所使用的语言，包容了几千年浩瀚典籍的语言，曾经被屈原、司马迁、李白、苏东坡、曹雪芹、鲁迅推向美的高峰和胜境的语言，现在却被中国人忙不迭视为下等人的标记，避之不及。

沉默的一群仍然听不懂，但没有人退场，也没有一个人站起来，用这种双方都听得懂的语言说一句："先生，请你说中文。"

三

听说以上情景的那一刻，我猜想一个民族的衰亡，首先是从文化开始的，从语言开始的。侵略者从来明白，攻城莫若攻心，而一个人的心里只有语言，精神唯语言可以建筑和守护。法国作家都德的小说《最后一课》，已经描述过向侵略者缴出语言的痛苦。满清王族最终没能征服中国，也是被中文的汪洋大海淹没，退出紫禁城则只是迟早的问题。走出十九世纪的黑非洲，身上最深的伤痕，也许不是来自帝国的入侵和掠夺——外来的实业家固然心狠，但有时候留下一点科学技术的扩散，留下一些大楼或公路，对殖民地的经济多少有一点刺激。比较起来，帝国最大的罪恶，影响最为深远的罪恶，莫过于语言殖民化所带来的文化残疾。文化消解了，就像灵魂熄灭了，一个民族即便有再强健的体魄，也只能任人宰割，形如散沙，没法凝聚出坚定的行动和旺盛的生命。陷入经济上的长久困局，也在所难免。

美国长篇小说《根》里面有一段情节：主人公一次次逃亡，宁愿被抓回来皮开肉绽地遭受毒打，不惜冒着被吊死的危险，也决不接受白人奴隶主给他的英文名字，而坚持用非洲母语称呼自己：昆塔。

可惜，只剩下这样一个血淋淋的名字，一代代秘密流传下去，也只具有象征意义。作为昆塔的第七代后裔，小说作者只能用英文深情地回望和寻找非洲。白人强加给他所有同胞的基督福音，无法解决那一片大陆上累积的问题：债务、战乱、艾滋病，还有环境破败和技术落后。

中国的很多字也有血迹，只是已经褪色，已经被人淡忘而已。海峡两岸的这些高官和文豪，在这一天的酒会上主动和自愿地背弃了中文。事情很明白，这些聪明人感觉到中文没有足够的含金量，至于它还含注了多少尊严，多少热诚，多少创造的智慧，也并非不成为问题。他们为了显示与自己领带和皮鞋相称的教养，没有必要对这种下等的语言亲近。

四

文明是一条长长的河，不断地有细流的渗去和汇入。生的就生了，死的就死了，命运严酷无情。没有充分理由断定，某种文化将长盛不衰万世永存。南危地马拉的丛林里，玛雅文化只有废墟残存供后人凭吊和猜测。当年不会比汉语覆盖面小的古希腊和古埃及文明，在基督教和伊斯兰教兴起之后，也呼啦啦崩溃。

辽阔的中国，期待着一个奇迹般的再生。从"五四"运动或更早的时候开始，一场文化再造的百年苦斗，从西来的民主和科学中获取热能，历经外部的封杀和内部的自戕，把数以亿计的人导出了腐朽王朝的暗影。但是压力和危机尚存。我们还没有今天的孔子和庄子，今天的《离骚》和《坛经》。我们有世界上人数最多的大学群落，但还没有自然科学里的爱因斯坦、海森堡，没有哲学里的康德、马克思、海德格尔，没有历史学里的汤因比，没有经济学里的亚当·斯密、凯恩斯，没有文学里的托尔斯泰、卡夫卡，没有艺术里的毕加索、贝多芬……一句话，从总体上看，我们毕竟还少有影响和推动世界潮流的当代文化巨人。描述一个文化上的东方强国，还只能含糊其辞。

我们不得不一次次地承认自己的学生地位。严格地说，我们的很多学科，至今还在靠西方的输血而生存。我们不少学贯中西的大学者，因其种种无法摆脱的历史限制，更像一些介绍家、鉴赏家、综述家、资料整理家，而不是创造家。他们即便干得很不错的时候，也只是称职的导游员或节目主持人，对各种节目融会于心，但没有自己的节目，或者自己的节目不够精彩。他们被尊为区域性名人，但还无法被纳入全球性的文化视野——即使把有些人对东方的歧视因素排除出去。现代中文的价值含量，还没有使中文达到人家必须尊重，必须使用，必须广设课程加以学习的程度——虽然近来的情况稍好了一些。

对一个人，对一个民族的语言出产，希望有更多独特性的创造，这永远不是什么苛求。

五

相反，一百多年后，目下正大举杀入西方市场、正在被某些西方人争相喝彩的，却是另一类中国文字。有几部志在票房的电影，有几本通俗的自传性小说，作者可以在艺术上平庸得一塌糊涂，唯独在一点上却绝对精明和清醒：那就是要挤眼泪，揪鼻涕，全力展示中国的乖戾、残酷、可笑、暗无天日、不近人情、不可救药，其文化背景该遭天谴，以满足某些西方人的怜悯欲和种族优越感。他们像一些职业乞丐，进入都市之后，被财富和做派吓得两眼发直，大气都不敢出，于是选择最省力气的角色：衣服一定破烂，头上一定要有脓疮，最好还能在街头亮出血糊糊的伤口和畸形的断臂残足，以便招来好奇的围观，让路人施舍小钱。为了使乞讨有一个神圣的名义，他们学会了下注政治。也是在法国，一个装满深刻表情的演讲厅里，优质音响设备正在传出哪怕最微弱的咝咝气声。一位记者提问："在现在的中国，还有没有人因为写小说而坐牢？"我身旁一位女作家犹豫了片刻，斟酌着说："我见到过一个囚犯，他说，他写过小说。"

回答当然很精明。把"因为写小说而坐牢"偷换成"囚犯写过小说"，含混之际，既满足了记者对答案的预期，又不违背事实。既以貌似大胆的言论在外面出彩，又没有超出底线，不至于因言论失实受到国内的追究。让记者高兴是重要的，舆论意味着自己的知名度、出版机会、访问邀请和美元。暂时不得罪中国官方也是重要的——假如自己还打算回国或者出任什么委员，还打算踏上通向权力高层的红地毯。

镁光灯闪亮，这位作家后来果然被记者们热烈包围。

这样的成功，培养着西方人的知识胃口，这种胃口反过来要求更多的惯性刺激。于是一时之间，一批批国人前去就范，一面对洋人就嘴巴不听使唤，一个劲往话筒里喂入谎言。他们在西方混多了，懂得在诉苦之余还应加一点文化作料，比方穿戴上西方人爱看的佛珠，比方掏出一只偷偷从工艺商店买来的小脚绣花鞋，声称那是祖母的遗物，并为此当众流下眼泪。他们明白，不少西方人在吃饱牛排之后，要像看橄榄球或汽车赛一样来看绣花鞋——而且缺乏足够的中国经验来辨别真伪。

一九九四年春，我在国外的书店、影院以及交谈中，对这种汉奸文化的越来越多以至铺天盖地感到震惊。我不知道正派的西方人会如何看待这些。我一点也不想掩盖伤疤，不否认中国确有很多悲剧给这些乞讨者提供了理由和机会，那些悲剧制造者更应受到指责。我也不认为民族的面子有什么要紧，不觉得一见家丑外扬就需要恼怒。但我还是觉得下跪的姿态刺目。

不是一般的卑亢失度，或者糊涂。一切美奸、法奸、澳奸、日奸、德奸、俄奸以及汉奸的共同特征，就是势利。他们的每一句话，都可以使你清楚地感到目的所在：是一份优薪，一本洋护照，还是一顿午餐。他们从来不会站在学术良心或社会责任的立场，说一句没有利益回报的废话，连耍流氓也招招实惠，绝没有胆量举起手来，纠正权势者某一个常识性的错误。

他们也从来没有幸福，从来不觉得身后也有幸福。他们不知道幸福其实是热情，是生命力的笑容，是在世界任何一个角落和任何时候都存在的上帝之光，辉照在正派人互相熟悉的眼神里——即便在"文革"时代命贱如草的穷乡僻壤，即使在法国大革命和美国独立战争血流成河的日子，幸福也依然存在。只有可怜虫才永远自怜，嘴里只能出产呻吟。他们即便享遍满世界的福，也还会怨气冲冲，只要一转眼见到更有钱的人，还会有下跪的习惯。

我也曾经被邀去演讲。看着台下一双双蓝色的眼睛，我揣测他们想听到什么。我本来打算谈父亲的自杀，谈自己亲历的枪战和监狱，谈中国一幕幕惨剧和笑剧……我知道那最能收获西方的兴奋。但我突然愤愤地改变主意，并自觉羞愧。这羞愧不在于我说什么，而在于我为什么要那样说。

这不意味着从此对中国的苦难缄口，只意味着开口不再取悦于人。

我不能与下贱的语言同流。

六

英语并不是从来血统高贵。十一世纪，说法语的诺曼集团侵占了英国之后，英语曾被视为一种下贱的语言。英语只与穷人的事物有关，而政界和都市则流行法语，读书人更习惯拉丁语。乡下穷人喂养的"猪"是英语，城里富人吃的"猪肉"是法语，这一类差别和混杂一直保留到今天。

在宗教改革家马丁·路德把《圣经》从希伯来文和希腊文翻译成德文之前，德文也曾被视为世俗的语言，不配用来谈论宗教和灵魂。他以"职业"的俗义来译注"天职"，在教廷心目中简直是犯上和渎神。比他更早一点的捷克教士胡司，主张用方言作祈祷，把教义捷克语化，也构成异端罪之一。他付出了更高的代价——最后在广场上被活活烧死。

我要说的下贱语言则是另外一回事。不是指语种，而是指语质。不是指弱势阶级或弱势民族的语言，而是指任何一种语言中都可能出现的品格退化。

这可能以貌似圣洁的形态出现，比如在中国的"文革"。假话大话空话套话，句句红光亮。禁欲主义的语言专制清除了所有描述人欲的词汇，使之进入无名状态的黑暗，结果带来生命的枯萎，带来幽默、轻松、温情、执拗等等个性的绝育。人们即使在家信和日记里，也渐渐活出社论和革命公文的模样，活出整齐呆板的格式。今天的人只要翻一翻当时的印刷品，无不惊讶字号的奇大。其实当时人们已无话可说，大量语言找不到指陈对象，只得从人们的记忆中退出——到了这一步，一个大字号的国家必然出现。用增大字号的办法来充塞版面和空洞大脑，自然成了普遍的无奈。

但语言品格的退化眼下在更多地方表现为鄙俗化，表现为市井下流腔。同样是假话大话空话套话，同样是语言的暴力，但它排泄在流行歌曲和野鸡小报里，给人心强加种种卑污的时尚，诱发出油滑、浅白、混乱、人云亦云，还有媚从的语气和表情。它总是向心于金钱，只指涉利害，散发不出激情的血温和光彩，无法用来讨论崇高和意义。就像青楼小调只宜与瓜子、胭脂、麻将、酒肉相配合，无法用来演出正剧，无法用来歌唱母亲或女儿。

这种语言与官腔构成了下贱的两极。因此，让一个庸官改行为流氓，或者一个流氓改行成庸官，不会特别难，但让他谈一谈内心，谈一谈英雄，谈一谈境界和趣味，谈一谈对草原或海洋的感受，通常就有语言的空白和障碍。

官僚是经常标榜道德造型的，但很多官僚的阅读水准，只合适男盗女娼醉生梦死的恶俗读物，从不敢去碰鲁迅。同样道理，新派精英是憎恶"文革"的，但很多精英的口舌常常摆脱不了"文革"的流行词语和常用句式，每到哗众之时，对旧时代的做派、手势、歌曲等等总是不自觉地一次次加以模仿，使之突然复活。事情就是这样，有些对立是虚假的对立，一旦照照语言的镜子，就显示出深层的同构和同质。

语言是精神之相。一个民族如果出现了下贱的语言潮流，如果一个民族的大报小报都充斥着官腔和流氓腔的语言繁殖，那么必定已病相深重。

七

关于西藏，是一个我缺乏知识的话题。但比我更缺乏知识的很多西方人，比我、也比西藏人还愿意谈西藏，正在一次次要求中国把它割让——他们说这话的时候，从来没有想到应该把美国还给印第安人，把南非还给黑人，把澳大利亚和新西兰还给原住民，也没打算要求英国放弃北爱尔兰。

在一九九四年的春天，也许我的结交范围有限，我发觉同行的好些中国人一碰到这个话题就吞吞吐吐，就左右旁顾，就盯着烟头做深思状做叹息状做理解状。也许，出于生计等方面的隐秘原因，他们必须出言谨慎，必须顾及当地主人的脸色。也许，在习惯了日常人际之间的庸俗之后，他们已经找不到谈论这一类话题的语言，已经不知道如何描述历史和表达公道。在长长的旅程中，我居然只见到一个中国人敢于对此正色，敢于区分什么是正常的讨论，什么是居心可疑的讹诈。这个人平时不大言语，以致我一直对他没有什么印象，常常不觉得他在场。但他突然冒出来，突然用不大流畅的粤式中文说："不要上西方政客的当。"

他说："尊重西藏是一回事，分裂中国的阴谋是另一回事。如果今天是西藏，那么明天就是新疆，是东北，是台湾和香港。"

他又不说话了，直到离开餐厅，无声地没入夜色。

我后来才知道，这位先生算不上地道的中国人。他只是祖籍广东，自己为越南籍，然后是澳籍。在他逃离到澳洲之前，红色政权杀了他的父亲和好几位亲人，没收了他家几十公斤黄金。他乘一条渔船在公海和印尼荒岛上漂泊数月的情景，至今记忆犹新。

我还知道，他是个与巴黎的演讲厅和话筒无缘的穷人，眼下领着失业救济。这个世界很难听到他的声音。

八

我不是一个民族主义者，至少不是某些人理解中的民族主义者——虽然这个主义可以成为弱小者的精神盾牌。在我看来，这张盾牌也可以遮掩弱者的腐朽，强者的霸道，遮掩弱者还没有得手的霸道，强者已经初露端倪的腐朽。

谈主义很容易简单化，摆出一个民族主义的爱国英雄姿态，更是比下馆子还容易的事，尤其是大家口袋里有了些钱的时候。

我住在海南岛，这里总是满目皆绿，疯野和肥厚的绿色。偶有惊心之艳，是一树树紫荆憋不住了，溢出了遍地的落红。有时还有熟透的椰子在你鼻子前砰然坠地，让某个初上岛的人大惊失色。海南有一句戏谑，说：一个椰子砸下来，足以打中三个总经理。这戏说了一种社会现状，一种市场经济的奇观。似乎一夜之间，公司如林，连少女和儿童的节日祝词也是"恭喜发财"。

大浪淘沙，几起几落，然后我看到有一批人，正在社会的底片上逐渐显影。他们大多年轻，手握巨资却不张扬，暗藏野心却老成和审慎。他们是名楼名车的买主，却已及时地风雅和朴素，比方对走路和家常小菜更有兴趣。他们的目光正在越出国界，进入了经济全球化更宽广的领域，比方染指金融或期货。因此他们往往比外交官更熟悉伦敦或芝加哥的时间，更为清楚英文或法文的各种名称缩写，虽潜行于人海的某一角落，却通过便携电话正追踪着美元的价位，日本财相的病情，海湾战争的进展，巴西的气象预报，波兰的就业率以及七国峰会半个小时前的争议……以便决策自己今天下单的时机和方向。多少年前革命领袖对红卫兵"胸怀世界"的号召，在今天这些人没有硝烟和流血的电脑屏幕上，喜剧般得以实现。

有些西方政治家曾像高龄产妇一般，期待着这个阶层在中国的临盆和成长。奇怪的是，恰恰是这些人可能最让西方沮丧。他们不再是情绪化的大学生，凭几部进口电影来梦想异国，他们日益增长的财产更容易决定他们的逻辑和态度。崇洋一夜之间变为仇外，对于他们来说并不太难。如果他们正在出口皮鞋，当然会痛恨西方国家对中国的经济制裁。如果他们准备去西藏或香港办公司，当然会警惕藏独或港独的游说。他们巨大的购买力，买出了境外的中文热，比方说让香港售货员们争相学习普通话。

稍微敏感一点的人，都知道事情正在起变化。亨廷顿，哈佛的终身教授，当然也感到了热烘烘中文的压力，终于在一九九三年的《外交》季刊上披上了战袍，强调不同文明之间因差异而引起的冲突，把儒教文明和伊斯兰文明，视为美国在冷战之后最大的威胁。在同年十二月的哈佛大学一次讲座中，他更把话说白了，提出政治学必言霸权，美国应该联日，拉越，压俄，共同来"围困中国"。

我对亨廷顿没有什么惊奇。我只是惊奇某些国人的微妙反应。他们连忙去引经注典，向教授发出哀哀怨怨的表白。比方首先与阿拉伯坚决划清界线，称"西方文明与伊斯兰文明之间冲突的分析尚能站住脚"；或者再打一个小报告，向亨廷顿举报俄国，断言只有"东正教文明会成为反西方文明的最主要挑战者"。这种无聊的乞讨和挑唆，竟成为好些精美期刊上的学术。

他们倒不如一些实业家，能一眼看穿亨廷顿，不过是从经济战车上飞来的一颗哲学炸弹。手里不是冲锋枪而是计算器，身上不是迷彩服而是上班装，桌上不是军事地图而是销售账表，前面不是铁丝网而是"进口限额"、"关税法案"之类所保护着的市场纵深。一场民族之间的经济大战迟早要接火，或者说已经接火。在这场战争中，祖国常常是投资者们的必要掩体。从精神上保卫一个民族，就义者总是有限。当民族变成利益符号和利益载体的时候，一切就差不多成了通俗故事，不难激起社会性狂热。不光是烽烟滚滚的波黑、中东、阿富汗、卢旺达正在重新高扬民族的战旗，连加拿大、印度、意大利、西班牙、德国、美国的夏威夷，也都有要求分治要求散伙的吵吵嚷嚷。"祖国"成了光头党的常用词。"本国优先"是竞选人拉票时不可少的激昂，是最时髦的政治流行色。百分之几的失业率或一块油气田，就可以使人们突然对肤色和母语的差异大惊小怪，突然觉得异族面孔不可容忍，必须恶语相加，拔刀相向。

国家解体同夫妇离婚一样频繁多见。国家数目在迅猛增加。有人预计，到下世纪初，这个数目可能增加到五百。到那时候，我们将比现在有多得多的边界，多得多的海关，多得多的总统班子和外交纠纷。既然上帝不再出现在裁判席，既然共产主义也不再是理想，那么还有什么可以充当民族的胶粘剂？于是，一个似乎没有任何主义的时代里，民族主义似乎正在成为最后的主义。

我对此感情复杂。

九

"民族"这个词使用得最多的今天，实际上是它的词义日渐空虚的时候。美国就很难说是一个民族。它包括唐人街、韩国城、小东京、犹太区、意大利街、墨西哥街等等。操西班牙语的果农、操挪威语的麦农、祖籍在波兰的矿工、哈勒姆区的黑人老太，还有印第安保留区载歌载舞的男女……这全都是美国，也几乎是世界。在一九九〇年的调查中，美国人中每八个人就有一个人是异族混血的产物，牵连到至少两种以上的血统以及文化根源。这个越来越"杂种"的美国，只好用爱国主义来置换民族主义。

国界的意义也越来越引人生疑。前苏联的核电站事故，污染了境外好几个国家。日本的酸雨，则可能来自中国和东南亚。废毒气体对地球臭氧层的侵蚀，受害者将不是哪一个国家或哪几个国家，而是整个星球。事情不仅仅如此，在今天，任何一个单独的民族，也无法解决信息电子化、跨国公司、国际毒品贸易等难题。正在延伸的航线和高速公路，网捕着任何一片僻地和宁静，把人们一批又一批抛上旅途，进入移民的身份和心理，进入文化的交融杂汇。世界越来越小，电视机使我们都成了世界的前排观众，时时直面地球的每一个角落。

在这种情况下，如果你不把这个世界当作一按键钮就挥之即去的东西，不过是在几十个频道间跳来跳去的东西，你就完全应当采用比"民族"更为宽广的视角。民族是昨天的长长留影。它特定的地貌，特定的面容、着装以及歌谣，一幅幅诗意图景正在远去和模糊。不管我们愿不愿意，现代移民们已经不再有旧时的山长水远，不再有牵动愁肠的驿路遥遥。电话和飞机票，正在使故土和故人随时可至，就像附近某个加油站或杂货店，无法积累和强化游子的激情。长别离既已不长，长相忆也就无所可忆。更重要的是，当工业文明覆盖全球，故乡与祖国便在我们身后悄悄变质。不管在什么地方，到处都在建水泥楼，到处都在跳恰恰舞，到处都在喝可口可乐，到处都在推销着日本或美国的汽车。照这样下去，所有的地貌模仿出同一的景观，你思念的故乡与别人的故乡差不多没有两样；你忠诚的祖国与别人的祖国也差不多没有两样。那么这种思念和忠诚还有多少意义？还如何着落？

近些年来，我每一次回到湖南老家，都加深了这样的感觉，不免有一些怅然。哪怕是在一个偏僻的山寨，我听到立体音响里轰轰扑来的，不是记忆中的唢呐和山歌，而是我在海南、在香港、在美洲和欧洲都听到的电子流行音乐。这样的故乡，我的后代还能不能把它与其他旅游地给予区别？还能不能在其中寄寓特有的情感？

民族感已经在大量失去它的形象性，它的美学依据。

根系昨天的，唯有语言。是一种倔头倔脑的火辣辣方言，突然击中你的某一块记忆，使你禁不住在人流中回过头来，把陌生的说话者寻找。语言是如此的奇怪，保持着区位的恒定。有时候一个县，一个乡，特殊的方言在其他语言的团团包围之中，不管历经多少世纪，不管经历多少混血、教化、经济开发的冲击，仍然不会溃散和动摇。这真是神秘。当一切都行将被汹涌的主流文明无情地整容，当一切地貌、器具、习俗、制度、观念对现代化的抗拒都力不从心，唯有语言可以从历史的深处延伸而来，成为民族最后的指纹，最后的遗产。

民族似乎仅仅成了这样一种东西：可以被装入录音带，带上它，任何人都永远不会离乡背井。

欧洲一体化似乎胜利在望。海关、汇率、军事和政治之类的问题都是不难解决的，利益纷争也可望找到合适的安排。绕不过去的最后一道难关，看来只有语言，是各个民族决不会轻易让出的语言权。在米兰·昆德拉的小说里，一群同去援助柬埔寨的白人激烈内讧，就是因为能听懂英文的法国人坚决不愿说英文，不愿服从英语霸权，情愿忍受太多的麻烦，坚持用多种语言来进行协商。这当然不是小说家的一个噱头。

近年来的左派文化运动，也把语言视为重要战线。反抗中心，挑战主流，保卫文化多元性，少数激进人士甚至拒读莎士比亚，发誓回归印第安民歌或阿拉伯神话。他们宁愿狭隘也决不卑屈，宁愿孤立也决不背弃。这个运动在美国叫"政治正确"，其英文简称叫"PC"，与个人电脑的代号同名。

但我想到它的时候,耳边总是响起另外两个更为响亮的音节:"昆塔"。血迹未干的昆塔。

我们回到了前面说过的那一个画面,昆塔宁可被抓回来皮开肉绽地遭受毒打,不惜冒着被吊死的危险,也不接受白人奴隶主给他的英文名字。他留下了一个永远的诘问:这样做值不值?用英文是否就丧失尊严?就不能活下去也不能得到幸福?如果答案是否定的,那么他的血是否完全白流?是否只是一种愚蠢一种狭隘一种可悲的自作自受?他因此而承受的所有鞭刑,只配受到后来人哈哈嘲笑?

在未来的人们看来,他只是保卫一盒录音带的无谓代价?

十

有一种表达的困难。

我说完了。我知道这场演讲对于他们来说很乏味,让人失望。他们目光涣散,东张西望,甚至连连哈欠或者早就起身而去,留下冷冷的空座位。除了最后一排的西蒙——谢谢你一张孩子脸上遥远的笑容给我安慰。

他们敷衍地鼓了掌,没有提问的兴趣,也不会觉得有什么问题。好像总算熬过了不可忍耐的停电,现在光明大放,可以好好乐一乐了。他们向那个刚才谈女人内裤的作家微笑,向那个刚才谎称自己一直受迫害的作家请教,请那个出示绣花鞋并且当众流泪的作家去国家电视台接受采访。他们离开我,离开了一个失败者,一件滞销产品。他们希望有趣味的谈资,有印象的表演,有独特性的刺激,观众总是这样的。他们没有必要对乏味客人表示过多的关照和礼貌,更没必要费气力来探究什么方言。

有一个人甚至眼中透出讥嘲,对我刚才的违拗给予报复:"你是湖南人,毛泽东也是湖南人,请问下一个最伟大的湖南人是谁?——不包括你。"

"好吧，我听说你也是 A 大学的毕业生，那么请问 A 大学下一个最伟大的人是谁？包括你可以，不包括你也可以。"

他克制地笑笑，把不甘罢休的目光暂时落入纸咖啡杯。

我必须这样回答，还击这一类无聊的挑衅——不管他是大报记者，还是学院院长、出版商、文学大奖的评委。这种来自东方的不恭，当然更令他们不快。

我再一次失败，这几乎在意料之中。我苦于缺少更多的故事和才情，至少缺少语言的机灵，来挽救败局。我得承认自己的平庸和笨拙。这没有什么。我宁可暴露自己的平庸和笨拙，也不愿意哗众表演，比方掏出一只可疑的绣花鞋。我甚至不会玩一次仇外的偏激，宣布自己就是国粹派，就是看不起他妈的西方，就是仇恨莎士比亚以及一切白人文学的霸权——那样也容易，至少是一种极致，一种风头，一种未必得到赞同但至少可引人注目的惊险节目。经验证明，很多西方人宁愿遭遇敌手，也不愿意承受乏味。

我不能这样说。因为这不符合事实。我是读过莎士比亚的，是喜欢欧洲文学的——从我在乡下的知青户开始。那时我和同学们在下乡前偷袭了学校图书馆，胡乱偷了一些书，来打发乡下阴暗的雨季。

那个美丽的语言世界让我永远怀念。

我终于明白，语言也是这样一种东西，它无论是莎士比亚还是别的什么，都承载和沉积着人的经验，人的思维和情感，推动了人脑的发育和进化，完成了人群的联系和组织，使人具有人性。作为先民的遗赠，语言守护着人类文化多样性的可能，也担当着人类文化共同性的可能，使人们得以在差异中融合，在交汇中殊行。

我们接受了过于复杂和零碎的地图，我们的肉体分泌出彼此相违的利欲，唯有真理的声音，一种高远澄明嘹亮的精神，可以跨过国境，穿越不同的肤色和发色，为全人类彼此相同的心灵所倾听——如果心灵和心灵都还醒着。

即使面对空空如也的座位，我也仍然这样说。

十一

地球并不算太大，是人类共同的家园。一个人走出县，走出省，当然也可走出国，可以爱其它的国家。正像我们不可想象黑人都留在非洲，白人都守住欧洲。我在国外的一些朋友，常常并不比国内的朋友离我更远——无论是地理的距离还是心理的距离，那么也就无须大惊小怪。

区别其实只有那么一点：你是否还有同情和热爱——在热爱远方的土地之前，你是否热爱脚下的土地？我们从脚下的土地开始了一切。我不得不一次次回望身后，一次次从陌生中寻找熟悉，让遥远的山脊在我的目光中放大成无限往事。人可以另外选择居地，但没法重新选择生命之源，即便这里有许多你无法忍受的东西，即便这块土地曾经被太多人口和太多灾难压榨得疲惫不堪气喘吁吁，如同一张磨损日久的黑白照片。你没法重新选择父辈，他们的脸上隐藏着你的容貌，身上散发出你熟悉的气息，就埋葬在这张黑白照片里。你没法重新选择童年或少年，一只口哨，一个铁环，一个打兔草的竹篮，或者一盏雨夜里瓜棚的孤灯，都先后遗失在这张黑白照片里——也许更重要的是，这里到处隐伏和流动着你的母语，你的心灵之血，如果你曾经用这种语言说过最动情的心事，最欢乐和最辛酸的体验，最聪明和最荒唐的见解，你就再也不可能与它分离。

这样的人，也是远方黑压压的那些你陌生的人。

一九九四年八月

海念

满目波涛接天而下，扑来潮湿的风和钢蓝色的海腥味；海鸥的哇哇声从梦里惊逃而出，一道道弧音终没入寂静。老海满身皱纹，默想往日的灾难和织网女人，它的身上已长出木耳那倾听着千年沉默的巨耳——几片咬住水平线的白帆。

涨潮啦，千万匹阳光前仆后继地登陆，用粉身碎骨欢庆岸的夜深。

大海老是及时地来看你。

大海能使人变得简单。在这里，所有的堕落之举一无所用。只要你把大海静静看上几分钟，一切功名也立刻无谓和多余。海的蓝色漠视你的楚楚衣冠，漠视你的名片和深奥格言。永远的沙岸让你脱去身外之物，把你还原成一个或胖或瘦或笨或巧的肢体，还原成来自父母的赤子，一个原始的人。

还有蓝色的大心。

传说人是从鱼变来的，鱼是从海里爬上岸的。亿万年过去，人远远地离开了大海，把自己关进了城市和履历表，听很多奇怪的人语。

比方说："羊毛出在狗身上。"

这是我一位同行者说的。这样说，无非是为了钱，为了获得变节的理由，为了获得他一直所痛恶的贪污特权。他昨天还充当沙龙里的演员和票友，玩玩血性的民主和自由，今天却为了钱向他最蔑视的庸官下跪。当然也没什么，他不会比满世界那么多体面人干得更多，干得更漂亮。

你的拒绝使你陷入了谣言的重围。谣言使友情业兴盛，是这些业主的享乐。你的所有辩白都是徒劳，都是没收他人享乐的无理要求。他们肮脏或正在筹划肮脏，所以不能让你这么清白地开溜，这不公平。他们擅长安慰甚至拉你去喝酒，时而皱着眉头聆听，时而与服务员逗趣说笑，没有义务一直奉陪你愤怒。或者他们愤怒的对象总是模糊，似乎是酒或者天气，也可能是谣言，使你在失望的同时继续保持着希望。他们终于成了居高临下的仲裁者和救助者，很愿意笑纳你的希望，为了笑纳得更多便当然不能很快地相信一加一等于二。

你期待民众的公道，期待他们会为他们自己的卫士包扎伤口。不，他们是小人物，惹不起恶棍甚至还企盼着被侥幸地收买。真理一分钟没有与金钱结合，他们便一哄而散。他们不愿掺和矛盾，不想知道得更多而且一再恐惧得直哆嗦。他们突然减少了对你的眼光和电话甚至不再摸你孩子的头发，退得远远的，退到远远的安全地带，看诽谤与权谋从眼前飞过，将你活活射杀在地，看你鲜血冒涌。他们最终会鼓动你爬起来，重返岗位去捍卫他们的几个小钱——你怎能撒手丢下他们不管？你怎么这样不负责任呢？

事情就是如此。你为他们战斗，就得为他们牺牲，包括理解和成全他们一次次的苟且以及被收买的希望。

你是不是很生气？

现在想来有点不好意思。你真生气了，当了几天气急败坏可怜巴巴的乞丐，居然忘记了理想者从来没有贵宾席，没有回报——回报只会使一切沦为交易，心贬值为臭大粪。

决心总是指向寒冬。就像驶向大海的一代代男人，远去的背影不再回来，毫不在乎岸边那些没有尸骨的空墓，刻满了文字的残碑。多少年后，一块陌生的腐烂舷木漂到了岸边，供海鸟东张西望地停栖，供夕阳下的孩子们坐在上面敲敲打打，唱一支关于老狗的歌。回家啰——他们看见了椰林里的炊烟。

人是从海里爬上岸的鱼，迟早应该回到海里去。因为海是一切故事最安全的故乡。不再归来的出海人，明白这个道理。

你也终归要消失于海。作为一条爬上陆岸的鱼，你没有在人世的永久居留权，只有一次性出入境签证和限期往返的旅行车票。归期在一天天迫近，你还有什么事踌躇不决？你又傻又笨连领带也打不好，但如果你的身后有亲情的月色，有友谊的溪流，有辛勤求知和拍案而起，你已经不虚此行。你在遥远山乡的一盏油灯下决定站起来，剩下的事情就很好办。即使所有的人都在权势面前腿软，都认定下跪是时髦的健身操，你也可以站立，这并不特别困难。同行者纷纷慌不择路。这些太聪明的体面人，把旅行变成了银行里碌碌的炒汇，商店里大汗淋漓的计较，旅行团里鸡眼相斗怒气冲冲的座位争夺。他们返程的时候，除了沉甸甸的钱以外什么也不曾看到，他们是否觉得生命之旅白白错过？上帝可怜他们。他们也有过梦，但这么早就没有能力正视自己儿时的梦，只得用大沓大沓的钱来裹藏自己的恐惧，只得不断变换名牌衬衫并且对一切人假笑。

你穿不起名牌，但能辨别什么是用钱胳肢出来的假笑，什么是由衷而自信的笑——这圣战者唯一高贵的勋章，上帝唯一的承诺。

你背负着火辣辣的夏天，用肩头撞开海面，扑向千万匹奔腾而来的阳光。你吐了一口咸水,吐出了不知今夕何夕的蓝色。有一些小鱼偷偷叮咬你的双腿。

这是一个宁静的夏日。海滩上并非只有你一个人。还有人,一个黑影,在小树林里不远不近地监视着你。终于看清了,是一位瘦小干瘪的老太婆,正盯着你的饮料罐头盒耐心等待。旅游者留下的食品或包装,都能成为穷人有用的东西。

你有点耻辱感地把易拉罐施舍了她。她抽燃一个捡来的烟头,笑了笑:"火巴。"

你听不懂本地人的话。她在说什么?是不是在说"火"?什么地方有火?她是在忧虑还是在高兴火?这是一句让人费解的谶言。

她指着那边的海滩又说了一些什么。是说那边有鲨鱼,是说那边发生过劫案,还是请你到那边去看椰子?你还是没法明白。

但你看到她笑得天真。大海旁边的一切都应该天真。

你将走回你的履历表沉默,好像什么也不曾发生。什么也不用说。你拣了几片好看的贝壳,准备回去藏在布狗熊总是变出糖果的衣袋里,让女儿吃一惊。你得骑车去看望一位中学时代的朋友,你忙碌得在他倒霉的时候也不曾去与他聊聊天。你还得去逛逛书店,扫扫楼道,修理一下家里的水龙头——你恼人地没看懂混沌学也没有赢棋甚至摇不动呼啦圈,难道也修整不好水龙头?你不能罢休。

你总是在海边勃发对水龙头之类的雄心。你相信在海边所有的念头都不是无缘无故产生的,一定都是海的馈赠,是海的深隐之念。

大海比我们聪明。

大海蕴藏着对一切谶言的解释,能使我们互相恍然大悟地笑起来。

一九九一年九月

感激

将来有一天，我在弥留之际回想起这一辈子，会有一些感激的话涌在喉头。

我首先会感谢那些猪——作为一个中国南方人，我这一辈子吃猪肉太多了，为了保证自己身体所需要的脂肪和蛋白质，我享受了人们对猪群的屠杀，忍看它们血淋淋地陈尸千万，悬挂在肉类加工厂里或者碎裂在菜市场的摊档上。

我还得深深地感谢那些牛——在农业机械化实现以前，它们一直承受着人类粮食生产中最沉重的一份辛劳，在泥水里累得四肢颤抖，口吐白沫，目光凄凉，但仍在鞭影飞舞之下埋头拉犁向前。

我不会忘记鸡和鸭。它们生下白花花的宝贝蛋时，怀着生儿育女的美丽梦想，面红耳赤地大声歌唱，怎么也不会想到无情的人类会把它们的梦想一批批劫夺而去，送进油锅里或煎或炒，不容母亲们任何委屈和悲伤的申辩。

……我还会想起很多我伤害过的生命，包括一只老鼠，一条蛙虫，一只蚊子。它们就没有活下去的权利么？如果人类有权吞食其它动物和植物，为什么它们就命中注定地没有？是谁粗暴而横蛮地制订了这种不平等规则，然后还要把它们毫不过分的需求描写成一种阴险、恶毒、卑劣的行径说得人们心惊肉跳？为了自己的生存，为了自己富足、舒适、安全的生存，我与我的同类一直像冷血暴君，用毒药或者利器消灭着它们，并且用谎言使自己心安理得。换句话说，它们因为弱小就被迫把生命空间让给了我们。

如果要说"原罪"，这可能就是我们的原罪。

我们欠下了它们太多。

我当然还得感谢人，这些与我同类和同种的生命体。说实话，我是一个不大喜欢人类的人道主义者。我不喜欢人类的贪婪、虚妄、装模作样、贵贱等级分明，有那么多国界、武器以及擅长假笑的大人物和小人物，但我一直受益于人类的智慧与同情——如果没有这么多人与我相伴度过此生，如果没有人类几千年的文明创造，我至少不会读书和写作，眼下更不会懂得自省和感激。我在这个世界上将是一具没心肝的行尸走肉。

现在好了，有一个偿还欠债的机会了——如果我们以前错过了很多机会的话。大自然是公正的，最终赐给我们以死亡，让我们能够完全终止索取和侵夺，能够把心中的无限感激多少变成一些回报世界的实际行动。这样，我们将会变成腐泥，肥沃我们广袤的大地。我们将会变成蒸汽，滋润我们辽阔的天空。我们将偷偷潜入某一条根系，某一片绿叶，某一颗果实，尽量长得饱满肥壮和味道可口，让一切曾经为我们做出过牺牲的物种有机会大吃大喝，让它们在阳光下健康和快乐着。哪怕是一只老鼠，一条蛆虫，一只蚊子，也将乐滋滋地享受我们的骨血皮肉，咀嚼出吱吱嘎嘎的声响。

它们最终知道人类并不是忘恩负义的家伙，总有一天还能将功补过，把迟到的爱注入它们的躯体。

死亡是另一个过程的开始，是另一个光荣而高贵的过程的开始。想想看吧，如果没有死，在这个世界上，我们的生将是一次多么不光彩的欠债不还。

第三辑 那些人

你好,加藤
人物六题
落花时节读旧笺
月下桨声
收水费
空院残月

你好，加藤

一

加藤四岁的时候就到了北京，进了一所幼儿园，是班上唯一的日本孩子。他与同学们一同学习《毛主席语录》，一同唱《大海航行靠舵手》，一同看电影《地道战》《地雷战》以及《小兵张嘎》。孩子们玩战斗游戏的时候，他的日本身份似乎使他最适合扮装日本鬼子，但他决不接受这种可耻的角色，吵闹着一定要当地下武工队员，当八路军的政委。

有的人可能觉得这很有趣：八路军里怎么冒出一个日本政委？母亲遇到了幼儿园的阿姨，说你看这孩子就是要强，老师，拜托了，你就给同学们做做工作，让他当上八路军政委吧。

其实，日本母亲用不着拜托中国阿姨。小伙伴们都喜欢加藤，一再把战斗的指挥权优先交给政委加藤。

加藤的父母是在中日正式建交之前来到中国的。当时居住北京的外国人很少，也少有专门招收外国小孩的幼儿园。但加藤的父母很乐意让小孩与中国娃娃打成一片，加藤一口纯正的京片子普通话就是在这个时候学会的。有一次，一位瑞典朋友假日里来加藤家做客，顺便给加藤带来一点礼物，包括一面小小的日本国旗。没料到八路军小政委在家里也坚守抗日阵地，一见太阳旗便怒从心头起，将小旗摔在地上，跳上去跺了两脚。

瑞典朋友大惊失色，不知道一个日本孩子怎么可以这样。

直到加藤的父母解释了孩子的幼儿园和孩子看过的电影，客人才惊魂稍定地坐下来，理解了一个孩子反常的粗野和激愤，理解了一面日本国旗在当时纯正北京腔里的含义。要知道，这个国家的国歌就是抗日动员，是一首战争年代里燃烧着悲愤和仇恨的出征之歌。

二

现在，加藤即将获得东京大学的博士学位，开着德国汽车出没于东京的车水马龙之中。他不会再那样粗暴地对待日本国旗了，不会再那样简单地理解日本了。但他仍然在继续学习中文，专业研究中国穆斯林的历史，希望成为中国人民的朋友。

这种愿望也许是他父母的心理遗传，甚至是他外祖父和外祖母人生经历的延伸。外祖父很早就踏上了中国的土地，像他的几位青年朋友一样，离开那个显得较为狭小的九州岛，来到新大陆传播知识和技术，也希望在这里寻找和建设自己的理想。他们没有想到的是，此时的日本政权高层也移目西望，看上了中国东北乃至华北丰饶的矿产、森林、大豆以及黑土地。为了争强于世界民族之林，也为了抗拒西洋大国的挤压，大和民族的生存空间必须扩展——这成为了那个时代启蒙维新逻辑的自然结论，不会让任何新派人士惊诧。民主几乎与殖民两位一体。"大东亚主义"等等说辞就是这个时候涌现在日本报纸上的。日本议会民主运动主将和早稻田大学的创始者大隈重信,同时成为了当时挟"二十一条"以强取中国山东的著名辩家。人们在诸多说辞下即便伏有不同的情感倾向和利益指向,却基本上共享着一种踌躇满志的向外远眺和帝国理想。

理想主义青年自发的援外扶贫,最终被纳入了官方的体制化安排,纳入了日本军部对伪满洲国的政治策划。加藤的母亲后来说,加藤的外祖父当时受蒙蔽了,终于同意出任伪满洲国的公职,成了一名副县长,位居中国人出任的傀儡县长之下,却是实际上的县长。他忙碌于繁杂政务废寝忘食,真心以为东亚共荣能在他的治下成为现实。为了抵制无理的强征重赋以保护地方权益,他甚至常常与日本关东军发生冲突,好几次面对武夫们气势汹汹的枪口。他没料到中日战争的爆发,而且在战争现实面前对日本疑虑渐多,但他无法摆脱历史大势给他的定位,差不多是一片随风飘荡的落叶。

悲剧结局终于在这一天匆匆到来:苏联红军翻过大兴安岭后势如破竹横扫东北全境。覆巢之下岂有完卵?他理所当然地被捕入狱,接着被枪决,踉踉跄跄栽倒在一片雪地里。他是一个敌伪县长,似乎死得活该。没有人会对这种判决说半个不字。也没有人在战争非常时期苛求胜利者的审慎:那些俄国军人没有足够的时间和耐心来细细辨察官职之下的不同人生,也不习惯啰嗦的审判程序。

这是新政权的判决。与旧政权一样,中国人此时仍然只是黑土地形式上的主人。一些以前流窜到西伯利亚的中国流民乃至盗匪穿上苏式红军军装,跟随苏联人的坦克回来了,被宣布为临时的执政者。但这种宣布是用俄语完成的。

很多年以后,日本天皇为一切在境外因公殉职的日本官员授勋,抚慰死者的亲属。加藤的外祖母拒绝了丈夫应得的勋章。她曾经带着三个年幼的女儿在中国的战俘营里苦熬多年,她回国后一直以低级职员的微薄薪金拉扯大孩子,以一个女人的非凡力量扛住了生活的全部重压,有太多的理由获得政府的奖赏和补偿,但她还是坚决地拒绝了勋章。在中国的经历使她的眼光常常能够超越大海,能够对"国家"和"民族"这类神圣大话下的一切热闹保持敏感的戒意。她说她永远也忘不了一家四口从中国回到日本的时候,她们日夜企盼日夜思念的祖国竟是一些粗暴的日本小吏,在码头上命令一切乘客脱下身上的衣服,劈头盖脑给他们一把滴滴涕药粉,防止他们带来国外的肮脏和病菌。她护住三个吓得哇哇大哭的孩子,在冷冽的寒风中突然觉得,她真真切切地回来了,但一片呛人的药粉迎面扑来之际,她心目中的故国反而成了一个遥远而模糊的概念。

她热爱日本但拒绝了日本天皇的授勋,而且让女儿从师于鲁迅的研究专家竹内好先生,学习中国的语言和文化。她希望女儿们继承父亲的遗志,将来再返中国续写父亲在黑土地上中断了的故事。

三

拒绝天皇授勋的并非加藤的外祖母一人。在整个二十世纪五十年代和六十年代,中国和日本处于冷战时期的对峙,还没有建立外交关系,在法律意义上甚至还未结束战争状态。但日本的社会各界形成了一股反省战争和亲善中国的潮流。各种党派和民间团体组团到中国去访问,毛泽东的著作和周恩来的画像在日本的书店和大学里流行,甚至成了不少知识分子争相拥有的前卫标志。"打破美帝国主义对中国的包围圈!""坚决捍卫社会主义中国!""无产阶级文化大革命万岁!"很多日本热血青年头缠布条,手挽着手,在美国驻军基地前抗议"安保条约"时高喊这一类口号,履行着自己神圣的职责。

加藤的父母亲就是在这股潮流中重返中国的。他们如愿以偿地发现了一个新中国：妇女真正获得了解放并且在各个社会领域意气风发，往日最为卑贱的工人农民成为了文艺舞台的主人，留洋归国的教授随着医疗小分队深入到了穷乡僻壤，政府官员满身泥巴地为人民服务并且累死在盐碱地上，奇迹般的"两弹一星"在日新月异的广阔大地上陆续腾空……对比日本社会那些令人窒息的森严等级和金钱崇拜，中国确实能够让他们兴奋不已。毛泽东思想哺育出来的针刺麻醉法甚至使加藤的父亲亲身受益，他在北京亲历针麻的外科手术过程，既无痛苦又价格低廉，由他撰文在《读卖新闻》介绍，引起了日本读者一片惊讶和轰动。中国政府放弃日军侵华的战争索赔，相对于日本政府在甲午战争后从中国狠狠刮走的整整三年全部国库收入巨款，红色大国的国际主义慷慨情怀更使他们倍觉温暖。

在当时的很多日本知识分子看来，新中国是一个神话，实施了刚好是日本所缺位的社会结构大变革。虽然这个国家还较为清贫，但它代表着最优越的制度和最崇高的精神，是一片燃烧着人类希望的社会主义圣土。不难理解，当庆祝"四人帮"下台的锣鼓鞭炮在北京爆响，当中国革命中的诸多罪恶和人权灾难随后在媒体上曝光，海峡那边很多日本友人与其说是震惊，不如说更多一些绝望和迷茫。他们无话可说。他们再一次与中国失之交臂。如果说几十年前中国众多知识分子曾经把日本视为模范和老师，一批批飘洋过海去求取启蒙和维新的救国之道，后来却被日本的大炮隆隆迎头痛击；那么现在，众多日本的知识分子也曾经把中国视为模范和老师，一批批飘洋过海来寻找独立和革命的救国之道，最终却被中国突然亮出来的累累伤痕吓得浑身冰凉。

历史再一次在这两个民族之间开了个玩笑：继中国误解"先进"的日本以后，日本也误解了"先进"的中国。一个维新梦，一个革命梦，先后在很多人那里一一破灭。双方不得不从头开始，不得不开始重新相互认识的漫长过程。

误解难以避免。但一个世纪以来的中日关系，不同于英、美之间的关系，不同于印、巴或者希、土之间的关系，相互之间除了正常的利益摩擦，同为一度经济落后的亚洲国家，其交往动机中更暗伏一种发展道路及其社会制度的寻优和竞比，意识形态的致幻剂常常带来更多一厢情愿的浪漫幻想；一旦幻想破灭，意识形态的放大器也就会大大膨胀怨恨或者轻蔑，加剧两国关系的震荡。从"停滞落后的支那"（津田左右吉氏语）到"一无是处的日本"（竹内好语），资本主义的价值尺度可以更换成社会主义的价值尺度，"先进"模式的光环下穷人革命可以取代富人维新。但这种取代，只是使"先进／落后"的视轴来了一个上下倒置，源自欧洲的单元直线历史观却一如既往，一心追赶先进文明的亚洲式焦虑和亚洲式迫切一如既往。

向西方工业化看齐的意识和潜意识是如此深入人心，自卑的亚洲人免不了有点慌不择路，也就免不了一次次心理高热以及随之而来的骤冷酷寒。

加藤的父母亲向我讲述他们在北京目睹江青等人被捕时的中国，目睹北京市民和学生连夜庆祝游行时眼中激动的泪水，他们当时的感受十分复杂。他们既无意拥护日本一些左派朋友对江青的崇拜和声援，也无法认同一些右派朋友对中国革命的幸灾乐祸，还有对中国文化的顺手诛杀。他们几乎再一次听到了当年中日战争爆发的炮声，颇有些一时的手足无措。

中国革命的这次重挫和转向，不能不启动思想和情感上的地壳运动，中日之间再一次山重水复。几年或十几年以后就可以看得明白，"进步／落后"的标尺在本世纪两度失效之后仍然没有废弃，而且在东欧和苏联崩溃之后更增神威，正在迅速比量出各种冷漠和歧视的最新根据。很多日本人的"侵略有功"论和很多中国人的"殖民不够"论重新获得了活力。日本政府可以就殖民和战争问题向韩国正式道歉而至今不向中国正式道歉，厚此薄彼的反常一直受到日本国内舆论主流暧昧的纵容，这里的潜台词十分清楚：赤色支那无权受此大礼。

有意思的是，被轻蔑者有时也能熟练运用轻蔑的逻辑。很多中国人此时虽无制度的优越感，虽处十年动乱后的贫困，但即使在全中国风行和泛滥着丰田汽车、索尼电视、本田摩托、尼康相机、富士胶卷、东芝电脑以及"卡拉OK"的时候，即便是那些热烈向往资本主义的新派精英，对"小日本"的轻蔑也暗中储备，常常一触即发，与他们对欧美的全心爱慕大有区别。他们崇美而贬日，厚西洋而薄东洋，能忍美国之强霸，却难容日本之错失。他们似有模糊的历史记忆和地缘政治的直觉，其中不便明言的潜台词更是微妙而且耐人寻味。他们不过是流露出一种日本人同样熟悉的区别法则，不过是觉得自家邻居的黄皮肤和黑头发不足为奇，也不足为尊，无法代表最先进的文明和最先进的人种，因此必须扣分降级。"小日本"不就是有几个臭钱么？日本人炫目的现代化虽然让人眼红，但仍不足以改变"假洋鬼子"的二等身份，他们有什么资格在我们面前牛皮哄哄？

这样，自以为已经"脱亚入欧"的很多日本人觉得无须再高看中国，而渴求"全盘西化"的很多中国人从另一个层面上把轻蔑目光奉还给日本，不能接受日本的高人一等，就像他们不能接受某个同村老乡突然抢先得到了城市户口和高级职称。歧视"落后"的飞去来器伤人最终伤己。两个文化相近经济相依的邻国，两个地理上仅仅一水相隔的邻国，反而面临着越来越遥远的心理距离。

加藤的父母无法改变历史，他们复杂的感受看来只能深埋内心而被人遗忘。他们拥抱中国的努力,包括他们翻译的毛泽东著作和其它中国革命作品,还有对中国技工赴日培训等各项友好事业的全心身投入,无法不承受着越来越多的讥嘲。这些傻书生,他们当时不是可以享受日本现代化的富足繁荣吗?他们当时不是可以吃香喝辣披金戴玉条条大路有"丰田"吗?他们为什么放着好日子不过而跑到中国来瞎折腾?

何况他们对于中国似乎无恩可报,倒是有伤难愈。加藤母亲的童年是在中国监狱里开始的。加藤外祖父是在中国被处决的。中国东北的档案馆里至今还保存着他的罪案卷宗,其中指控他聚敛民财和三妻六妾之类均属不实之辞。这些历史旧账是不可能得到重审甄别的——档案馆的中国官员这样冷冷地告诉他们。

哈尔滨,外祖父屈辱的葬身之地,加藤一家从今以后是不再去那个地方的。那么中国呢,外祖父没有写完的故事在这里再一次面临今后的无限空白,加藤一家在北京打点行装,是不是应该再一次告别这片广阔的大陆?

四

我没有见过面的一位姐姐和一位哥哥,因为缺医少药而死在日机轰炸下的难民人流里。我岳父的堂兄也是在日军的湖南南县大屠杀时饮弹身亡,尸骨无存。这使我在东京成田机场听到日本话和看到日本国旗时心绪复杂。

新千年的第一天竟在日出之国度过,这是我没想到的。由于汉文化的农历新年已经退出日本国民习俗,更得不到日本法律的承认,西历亦即公历的新年便成了这个国家最重要而且最隆重的节日。政府、公司以及学校都放了一周左右的长假,人们纷纷归家与亲人团聚。街上到处都挂起了红色或白色的灯笼,还有各种有关"初诣(新年)"

的贺辞或敬语。但一个中国人也许会感触到隆重喜庆之中的几分清寂,比如这里的新年没有中国那种喧闹而多一些安静,没有中国那种奢华而多一些俭约,连国家电视台里的新年晚会也没有中国那种常见的金碧辉煌流光溢彩花团锦簇,只有一些歌手未免寻常的年度歌赛。如果说中国的除夕之夜像一桌豪华大宴,那么此地的除夕之夜则如一杯清茶,似乎更适合人们在榻榻米上正襟危坐地静静品尝。

我在沉沉夜幕中找到加藤一家,献上了我的一束鲜花,意在表达一个中国人对他们无言的感激。我知道我们之间横亘着将近一个世纪的纷乱历史,纷乱得实在让人无法言说唯有长叹,但人们毕竟可以用一束鲜花,用一瞬间会意的对视,重新开始相互的理解。

让我们重新开始。

加藤的母亲请我吃年糕,是按照加藤外祖母的盼咐做成的,白萝卜和红萝卜都切成了花。用中国人的标准来看,这种米粑煮萝卜的年饭别具一格,堪称素雅甚至简朴。其实日本传统的饮食虽有精致的形式,但大多有清淡的底蕴。生鱼、大酱汤、米饭团子,即使再加上荷兰人或者葡萄牙人传来的油炸什锦(天妇罗),也依然形不成什么菜系,不足以满足富豪们的饕餮味觉。这大概也就是日本菜不能像中国菜和法国菜那样风行世界的原因。

同样是用中国人的标准来看,日本传统的服饰也相当简朴。在博物馆的图片资料里,女人们足下的木屐,不过是两横一竖的三块木板,还缺乏鞋子的成熟概念。男人们身上的裤子,常常就是相扑选手们挂着的那两条布带,也缺乏裤子的成熟形态。被称作"和服"或者"吴服"的长袍当然是服饰经典,但在十八世纪的设计师们将其改造之前,这种长袍甚至尚无衣扣,只能靠腰带一束而就,多少有一些临时和草率的意味。

日本传统的家居陈设仍然简朴。法国历史学家费尔南·布罗代尔曾经指出，家具的高位化和低位化是文明成熟与否的标志，这一标准使日本的榻榻米只能低就，无法与中国民间多见的太师椅、八仙桌以及明式龙凤雕床比肩。也许是地域逼仄的原因，日本传统民宅里似乎不可能陈设太多的家具，人们习惯于席地而坐，席地而卧，也习惯于四壁之内的空空如也。门窗栋梁也多为木质原色，透出一种似有似无的山林清香，少见浓色重彩花哨富丽的油漆覆盖。

我们还可以谈到简朴的神教，简朴的歌舞伎，简朴的宫廷仪规，简朴得充满泥土气息的各种日本姓氏……由此不难理解，在日本大阪泉北丘陵一次史无前例的大规模遗址发掘中，覆盖数平方公里的搜寻，只发现了一些相当原始的石器和陶器，未能找到什么有艺术色彩的加工品或者稍稍精细巧妙一些的器具。对比意大利的庞贝遗址，对比中国的汉墓、秦俑以及殷墟，一片白茫茫的干净大地不能不让人扫兴和心惊。正是在这一个个暴露出历史荒芜的遗址面前，一个多次往地下偷偷埋设假文物的日本教授最近被揭露，成为了轰动媒体的奇闻。其实，从某种意义上来说，这位考古学家也许是对日本的过去于心不甘，荒唐中杂有一种殊可理解的隐痛。

从西汉之雄钟巨鼎旁走来的中国人，从盛唐之金宫玉殿下走来的中国人，从南宋之画舫笙歌花影粉雾中走来的中国人，遥望九州岛往日的简朴岁月，难免有一种面对化外之地的不以为然。这当然是一种轻薄。成熟常常通向腐烂，历史的辩证法就是如此。在人类漫长的历史上，山姆挫败英伦，蛮族征服罗马，满人亡了大明，都是所谓成熟不敌粗粝和中心不敌边缘的例证。在这里，我不知道是日本的清苦逼出了日本的崛起，还是日本的崛起反过来要求国民们节衣缩食习惯清苦。但日本在二十世纪成为全球经济巨人，原因方方面面，我们面前一件件传统器物至少能提供部分可供侦破的密码。这一个岛国昔日确实没有大唐的繁荣乃至奢靡，古代的日本很可能清贫乃至清苦，但苦能生忍耐之力，苦能生奋发之志，苦能生尚智勤学之风，苦能生守纪抱团之习，大和民族在世界的东方最先强大起来，最先交出了亚洲人跨入现代经济的高分答卷，如果不是发端于一个粗粝的、边缘的、清苦的过去，倒会成了一件不合常理的事情。

明治维新之后，日本内有粮荒外有敌患，但教育法规已严厉推行：孩子不读书，父母必须入狱服刑。如此严刑峻法显然透出了一个民族卧薪尝胆的决绝之心。直到今天，日本这一教育神圣的传统仍在惯性延续，体现为对教育的巨额投入，教师的优厚待遇，每位读书人的浩繁藏书，还有全社会不分男女老幼的读书风尚：一天上下班坐车时间内读完一本书司空见惯，一个少女用七八个进修项目把自己的休息时间全部填满纯属正常，一个退休者不常常花点钱去学点什么，可能就会被邻人和友人侧目和白眼——即便这种学习有时既无明确目的也派不上什么用场。日本人似有一种与生俱来的生存危机感，恨不得把一分钟掰成两分钟过，恨不得把全世界的知识一股脑地学完，永远不落人后。

这种日本的清苦成就了一个武士传统。"士农工商"，日本的"士"为武士而非文士，所奉道统为王道而非儒学，与中国的文儒传统迥然有别。日本的武士集团拥天皇以除灭德川幕府，成功实现明治维新，一直是举足轻重的政治力量，并且主导着武士道的精神文化，包括在尊王攘夷的前提下有限汲收"汉才"以及"（荷）兰学"，即当时的西学，在很多人眼里几乎就是大和魂的象征。这个传统几乎不可避免地导致了日本现代的军人政治和军国主义，导致了"神风敢死队"之类重死轻生的战争疯狂行为，直到第二次世界大战的结束才在"和平宪法"下被迫退出了历史舞台。然而这一武士传统的影响源远流长,在后来的日子里,修宪强军的心理暗潮起伏不止,无论是极左派还是极右派,丢炸弹搞暗杀的政治恐怖行为也层出不绝,连著名作家三岛由纪夫也在和平的上世纪七十年代初切腹自裁,采取了当年皇军官兵常见的参政方式。他们的政治立场可以各不相同,但共通的激烈和急迫,共通的争强好斗勇武刚毅甚至冷酷无情,却显现出武士传统的一线遗脉。

日本的清苦还成就了一个职人传统。职人就是工匠。君子不器,重道轻术,这些中国儒生的饱暖之议在日本影响甚微。基于生存的实用需要,日本的各业职人一直广受尊重,在江户时代已成为社会的活跃细胞和坚实基础。行规严密,品牌稳定,师承有序,职责分明,立德敬业,学深艺精,使各种手工业作坊逐渐形成规模,一旦嫁接西方的贸易和技术,立刻顺理成章地蛹化为成批的工程师和产业技工,甚至一直延伸为日本在二十世纪六十年代以后的经济起飞。直到今天,日本企业的终身制和家族氛围,日本企业的森严等级和人脉网络,还有日本座座高楼中员工们下班后习惯性义务加班的灯火通明,都留下了封建行帮时代职人的遗迹。日本不一定能够被人认为是世界上的思想大国或者文化大国,但它完全具有成为技术强国的传统依托和习俗资源。造出比法国艾菲尔铁塔更高的铁塔,造出比美国通用汽车更好的汽车,造出当今世界首屈一指的新干线、机器人、高清电视等,对于职人的后代来说无足称奇。从这个角度来说,与其说资本主义给日本换了血,不如说日本特定的人文土壤使资本主义工业化得以扎根,并且发生了变异性的开花结果。

有趣的比较是:中国自古以来没有武士传统,却有庞大的儒生阶层;中国在近代没有职人传统,却有浩如海洋的小农大众。因此,中国少见武士化的职人和职人化的武士,日本也少见儒生化的农民和农民化的儒生。中国有儒生加农民的革命，日本有武士加职人的维新。也许，撇开其它条件不说，光是这两条就足以使中日两国的现代形态生出大差别。与其说这种差别是政治角力的偶然结果，不如说这种差别更像是受到了传统势能的暗中制约，还受到地理、人口、发展机遇、人文传统等一系列因素的综合作用。

事情似乎是这样，种子在土地里发芽而不能在石块上发芽，在不同的土壤里也不可能得到同样的收成。人们在差不多一个世纪以来的制度崇拜，人们关于左转姓"社"还是右转姓"资"的简单化纠缠，常常都遮蔽了一个民族在选择发展道路和社会制度后面更多重要的因缘。

整个二十世纪九十年代，日本的经济在徘徊萧条中度过，让很多中国人也困惑不已。想一想，是不是日本武士和职人的两大传统在百年之间已能量耗尽？或者说，是不是这些文化能量已经不再够用？

情况已经在变化。科学正在被自己孕育出来的拜物教所畸变，民主正在被自己催化出来的自恋狂所腐蚀，市场正在被自己呼唤出来的消费主义巨魔所动摇和残害。情况还在继续变化。绿色食品的原始和电子网络的锐进并行不悖，全球化和民族主义交织如麻。进入一个技术、文化、政治以及社会都在深刻变化和重组的新世纪，日本是不是需要新的人文动力？比方说，是不是需要在武士的激烈急迫之外多一点从容和持守？需要在职人的精密勤勉之外多一点想象和玄思？

还比方说，日本是不是需要在追逐"先进"文明的狂跑中冷静片刻，重新确定一下自己真正应该去而且可能去的目标？

五

加藤说，东京各路地铁每天早上万头攒动，很多车站不得不雇一些短工大汉把乘客往车门里硬塞，使每个车厢都像沙丁鱼罐头一样挤得密不透风，西装革履的上班族鼻子对鼻子地几乎都压成了人干。但无论怎样挤，密密的人海居然可以一声不响，静得连绣花针落地好像都能听见，完全是一支令行禁止的经济十字军。这就是日本。

我说，中国各个城市每天早上是老人的世界，扭大秧歌的，唱京戏的，跳国标舞的，打太极拳的，下棋打牌的，无所不有。这些自娱自乐的活动均无商业化收费，更不产生什么GDP，但让很多老人活得舒筋活络，心安体泰，鹤发童颜。当年繁华金陵或者火热长安里市民们的尽兴逍遥想必也不过如此。这就是中国。

加藤说，很多日本人自我压抑，妻子不敢冒犯丈夫，学生不敢顶撞老师，下属更不敢违抗上司，委屈和烦恼只能自己一个人吞咽。因此日本的男人爱喝酒，有时下班后要坐几个酒店喝几种酒，喝得领带倒挂眼斜嘴歪胡言乱语，完全是一种不可少的发泄。提供更多舒解郁闷的商业服务也就出现了，你出钱就可以去砸东西，出钱就可以去骂人，客人一定可以在那里购得短时的尊严和痛快。这就是日本。

我说，很多中国人圆滑处世，包括日本军队侵略中国的时候，中国伪军数量之多和易帜之快一定创世界之最。这些伪军中当然有附强欺弱的人渣，但也有相当部分是所谓脆卵避石，屈辱降敌并不妨碍他们后来明从暗拒阳奉阴违，甚至给皇军使阴招下绊子，私通八路见机举义。这些人可说是见风使舵投机自保，也可诩之为借力用力以柔克刚。他们毫无原则但也不拘泥教条，当不成烈士却也不一定全无心肝，常常在多种人格之间随机变幻直到最后投靠安全的真理。这也是中国。

加藤还说了很多。他说到加藤家先父是德川幕府的重臣因而是明治维新中的反动派，说到东京禁用廉价汽油名为加强环保实则是欺侮穷人，还说到东大学生发明了一种软件可以把任何文章都转换成校长大人可笑的文体……说得我哈哈大笑。但他和我都知道，无论我们怎样说下去，我们也无法把中国或者日本说清楚。何况我们说的中国甚至很可能也是日本的隐面，我们说的日本也可能就是中国的隐面——语言总是很容易引人陷入思想泥沼。

加藤还是操一口纯正的京片子普通话。他带我去参观东京都博物馆。我们在这里遇到一群日本少男少女，像中国的很多同时代人一样，他们中也有好些人把头发染成了黄色，以此宣示新人类或新新人类离经叛道的美学，更宣示他们对欧美文明的向往。有意思的是，这些化学造就的黄头发，走到博物馆最后一个展区时，突然看到了美军飞机在第二次世界大战后期对东京都等日本城市的轰炸。这里没有解说员，简略的几张图片下也没有详尽的说明文字，博物馆似乎对那一段历史既无法回避，又须尽量保持沉默，至少也要对当年十几个城市的遍地废墟闪烁其辞——美国毕竟是当今日本最重要的盟国。但馆内的扬声器里持续不断地传出当年的实况录音，有警报器的尖啸，有战机的俯冲和射击，有炸弹的爆炸，隐约可闻楼房的坍塌和日语形成的哭喊，然后又是连绵不绝的嘈杂音响。这种令人惊恐的战场录音在这里已经回响了多年，看来还将永远地在东京的这一角展馆飞绕盘旋下去，成为很多日本人偷偷咽入内心的记忆。

我不知道设计者当时为什么安排了这样循环不断的录音播放。设计者是要让人们记住什么？而眼前这些黄发少年，对这种现代化的轰炸有何感受？今后能记住什么？

我们就要分手了。

我对青年加藤说，海南三亚也有穆斯林居住，欢迎他以后来海南岛做调查研究。我希望他能在海南岛或者别的地方留下加藤家第三代人的中国故事。来日方长，这个故事还刚刚开始。

二〇〇一年二月

人物六题

然　后

朋友莫应丰患癌症住在医院时,我曾赴长沙看他。当时他身体肿胀,已脱原形,脑门上还有医院用来标记放疗位置的几处紫红色线痕,森然割裂了他的笑容——更显得陌生。他已不能说话。往事历历与感慨种种,竟只能在哑默的目光对视中流逝,在我们相互握紧的双手中抚碾成虚无。

他一直拒绝承认自己身患癌症,实际上已病入膏肓,大限迫近。他的妻子告诉我们,他脑子已有障碍,被人搀扶着走路,总是不自觉并执拗地连连向左转去,似乎寻找遗落在左方的什么东西。而另一异兆是,他时常昏昏然目注上空,喃喃自语,好几次冒出一句疑问:"然后呢?然后呢……"

然后什么?逝者如川,然而有后,万物皆有盈虚,唯时间永无穷尽,莫应丰是在惊恐于此吗?岁月茫茫,众多"然后"哪堪清理,他在搜寻什么？在疑问什么？一生中最后的目光停落在记忆中的哪一年哪一日？

当年以"地下文学"抗争极左暴政，终于获大奖步高位好评如潮从者如簇的莫应丰，声宏气旺，挺胸昂首，固一世之雄也。如今困锁病床，变在瞬息，恐怕也是他及朋友们都未曾料及的。他患病的消息传到海南时，我在省政府大门口遇到张新奇、贺梦凡等熟人，无不闻讯而失色，久久掩面泣于街市。其时初建特区省之熙熙谋官、攘攘赴利的人海中，朋友们大多为生计而奔忙，匆匆的日子里终究还有泪的珠光，总算使人还感到人世的温润。

莫应丰与我初识时，骑一辆破旧脚踏车，常常在年轻得多的朋友中混。他好聊天，有时聊得太晚，年轻人都感到精力不支，他身为大哥却毫无倦容，常常忍无可忍地揪耳朵，把瞌睡者一一揪醒，责令大家陪着他继续聊。作为犒劳，他会翻找出一些残菜剩酒，亲自把炊，为朋友们服务，并领受关于他饮食趣味低俗不堪的指责。

青年作家们爱与他接近，重要的原因是他热心助人，从不嫉才。谁有了创作构想，他会真诚地为你参谋，完善布局，修改词句，推荐发表，兄长式的全套服务还包括他对疏懒者不断的警训和号召。至于对他的创作，年轻人也可以随心所欲地批判和嘲讽。初识他的何立伟，曾将他自鸣得意的一篇论文指教得一塌糊涂，让旁人暗暗捏了一把冷汗，没想到莫应丰仍然笑呵呵，仍然频频点头，不觉得自己受到了冒犯。即便朋友骑到他头上去，人们也可从他那气出丹田的朗朗大笑中，感受到一种坦荡和淳厚，一种信任，一种安全。在如今鬼鬼祟祟太多的文坛，仅此一条，大概也足以让人们忘记莫应丰的种种其他弱点。

他写得很多很快，像很多新时期作家一样，大多文章是为改革开放的急务而作，而他们的抱负，也一直未局限在文章之内。很自然，由文学而仕宦，中国文士的传统人生轨迹，轻易限定了莫应丰后来的日子。我们可能遗憾他没有像闻一多、朱自清、钱锺书等那样终生与书册为伍，但那不仅需要淡泊的生活趣味，需要丰厚的学识蕴积，还需要种种具体生存条件，其活法并非一般文人所能随便选择的。仕与不仕，只能因人而异，因环境而异。

莫应丰后来当官了。到职的前夕，他在一位朋友狭小的房间里踌躇满志，并郑重拜托大家：将来如果我僵化了腐败了，你们一定要不客气地骂我，不要丢下我不管呵。

我们也很高兴。我们似乎也相信，某种旧体制乃至人类的全部弱点，是不难被三两改革家征服的，是不难被一两次政治手术摘除的。

他就这样离我远去。

然后呢？一晃几年，他领导的机关似没有多少令人欢欣鼓舞的事。有人说他官做得很好，有人说他的官做得很不好。很确实的一点是，他被众多的会议苦恼着，有时迟到，有时早退，有时在首长眼皮下瞌睡，甚至呼呼喷出酒气。

而时光，一晃就几年过去了。

他越来越嗜酒。旅行包里总有装备齐全的酒具，入夜总是四处寻捕酒友。据说有一次实在没找到，便站在家门口向路上的某陌生汉子使劲招手，请对方入家来喝酒，弄得对方疑疑惑惑的。

他有太多的苦恼需要用酒来浇洗吗？他难道不知道，对于一颗总想特立独行的心灵来说，为官就是拘束就是苦恼而且从来如此于今为甚吗？其实，岂止是为官，就是发财、出洋、归隐、恋爱、堕落、行善等等，这些活计干长久了，要干得滋味无穷都颇不容易。倘若不把过程看得比目的更重要，倘若没有在过程中感受到辛劳的愉悦，那么，欲望满足了便会乏味，目标达到了便会茫然，任何成功者都难免在通向未来一片空白的"然后"二字前骇然心惊。莫应丰终究是男子汉，再次向命运发起挑战。他说他不准备再当官了，要回到平民的生活。一九八八年春，我迁居海南后，他也来海南筹办农场。不再有香车宝马和前呼后拥，他十分非厅级地自己买票登车，在火车上没有卧铺乃至座位，就挤在汗臭浓烈的民工堆中从长沙一直站到广州。到广州后感冒发烧，在招待所里形单影只，便买来两斤绿豆熬成稀粥度日。他戒了烟也基本上戒了酒，到朋友家吃饭，面对满满一桌菜他什么也不尝，只想喝点稀饭。他说他开始天天写日记了，要重新做人了。他说他在海南定居以后，要把老爹从乡下接到长沙去住新房子。假如我们去长沙时他不在，只要我们去敲门，叫声"莫爹，我们是应丰的朋友"，莫爹就会照顾我们食宿，一切都无问题。

他刚刚为一件什么事被朋友叶蔚林训了一通，但他嘱咐我们："老叶年纪比你们大，要是你们有了钱，要分一些给他用呵。你们就在这里，要好好照顾他。"

他办事不再张扬，甚至不多话，决不麻烦别人。成天骑一辆旧脚踏车独自在烈日下奔波，回来就在简陋的食堂里默默就餐。而就在这个时候，我们谁也没有料到的是，癌细胞正在他的身体内部静悄悄生长，一串串丰艳地进入成熟。

一位朋友去找他，敲门无人应。第二天再去，仍是如此。直到服务员来开门打扫卫生，才发现他病卧床上已有三天，唇白，面黑，毯子滑落在地上。他说他听见了敲门声的，也明白是谁来了，只是无力答应罢了。

他就这样匆匆开始并匆匆结束了他的农场梦。命运是如此残酷，在他以放弃全部权势和舒适为代价，准备重新生活的时刻，竟轻易地将他逐出了人生赛场。就不能再给他一次机会吗？——不过是如此普通而廉价的机会。

命运也是如此仁慈，竟在他生命的最后一程，仍赐给他勇气和纯真的理想，给了他男子汉的证明。使他一生的句点，不是风烛残年，不是脑满肠肥和耳聩目昏，而是起跑线上的雄姿英发，爆出最后的辉煌。

夜雨对床应有时

这是莫应丰在癌症病房托人捎给我们几位朋友的苏诗摘句，算是他最后的叮嘱。是的，他还应该有机会与我们对床长谈的，也许在他创办的农场里，在某间茅舍中，听芭蕉夜雨，听椰涛呼啸……他爱喝的酒，我们准备着。

我刚认识他的时候，是他请我这个小青年喝茅台，那时这种酒还昂贵而稀罕。他最后离开海南之前，我拿出一瓶藏珍很久的茅台酒请他喝。我家里很少有酒，那也是第一次有茅台待客。我有一种莫名的惶惧：难道冥冥之间上天已暗示了他的归期，着意让我以一瓶茅台来还清一切，了结一切么？

不，不要这样，不能这样。

生者仍在忙碌，仍在走向一个又一个无可逃避的"然后"，而莫应丰已经去了，一去已逾两年。

一怀愁绪，几年离索。

莫，莫，莫。

一九九〇年十二月

陆苏州

提起陆文夫，眼前便是一介江南秀士，于瓜棚下短篱旁独坐品茶，闲呷一杯明月的形象。我曾同他一起出访，每到热闹的去处便很少听到他言语，常常使人感觉不到他的存在，唯清点人头时，方察觉他那整洁但里面显得有太多空洞的西装，居然一直影随在我们身旁。若再细看，那清瘦的一条黑脸上，眼睛亮得刺人，默默泄露出他藏蓄心中的练达和智慧，使你暗暗一惊。

前些年听说他照看病重的女儿，较少写作，朋友均替他着急。他却不认为小说轰动一类虚荣比骨肉之情更重要，曾有一信与我："人生就是一本大书，其中有些是字，有些是事。"这至理名言让我难忘。

他身为中国作协副主席，从不爱热闹，很少去北京，甚至不愿待在省城南京，一直守着他的苏州小院。我这一辈子不知是第几次极稀罕地见到他，是他在北京京西宾馆主持作协理事会，宣布发言都不能超过十分钟。他的一位老朋友刘宾雁发言超时了，他也敲敲茶杯照例警告，一点也不讲情面。不管发言者如何生气地拂袖而去，也不管台下有些什么人吵吵闹闹抗议他的刻板苛政，他脸上没有任何表情，低头品茶如常。

这次见面，他依然是谈女儿，谈茶。知道我迁居海南，便问问我是否认识某某编辑，某某警察，都是些海南的平凡人士，也是他的一些熟人。这绝不像某些文人，见面先来一番客套恭维的轰炸，来一套如何痛苦如何孤独的抱怨，然后满嘴大人物的名谓，一听见钱就眼睛发亮。谈寻常琐事，他也是淡淡的，其关切和友善，恰如香茗慢慢暖上你的肝肠。

他的《美食家》等已译成法文，其美食观也引起法国朋友的兴趣，曾邀请他去法国参加一次关于烹调的研讨会。据他说，粗茶淡饭是第一境界，贫境也；大鱼大肉是第二境界，俗境也；真正的美食家往往又回到粗茶淡饭，此乃第三境界，真正的美食雅境。我也是素食爱好者，自然觉得他的说法大得我心。

　　法国人常常自豪于他们的饮食文化传统，至少是看不起美国的麦当劳快餐。有次我走进这种快餐店，法国陪员惊惧万分拉着我往外走，说："怎么能在这里吃？这里只有狗吃的东西！"其诅咒不可谓不恶毒。但法国美食怎么样也没法征服陆苏州。他每到餐时便要寻找中国餐馆，尤其是寻找豆腐。饭前也必是清茶一杯而断断乎不能上花花哨哨的洋可乐。法国旅店一般都没有开水可供沏茶，实在是对陆副主席最大的心身迫害。后来有人借来一个电热壶，陆苏州一见大喜，立即放下手头一切事情，摩拳擦掌先沏了茶再说。并接连烧几壶开水，一一问我们是否需要——笑得极幸福极温暖。

　　后来的几天，我一回到旅店，服务台的小姐给房门钥匙时总是同时给我一壶开水。我开始不解其意，后来才明白，一定是她们从陆苏州那里得到印象，以为中国人个个都要开水，不沏茶就没法活的。

　　东坡先生说：不可居无竹。文夫先生则是不可食无茶。若与他茶座闲饮一夕，心态自然清静，至少可免俗三日，可除世俗难题带来的虚火少许。我年轻时在乡下一个茶场干过三年，居然没有培养出对茶的感情。倒是现在越来越喜欢饮茶了，这恐怕与文夫先生也不无关系。

一九九〇年十月

那一夜遥不可及

新年第一天,也是我的生日。假日的阳光在海岛上泼洒和沉淀。没有客人也没有出门的打算,甚至不想打电话。时间在半杯茶水和几张报纸那边的窗帘上飘动。为了一些我不愿意忘记的人,我常常愿意这样独处,把节庆变成一个人的时候,变成一些记忆或想象中的相遇。他曾经提着一个买啤酒用的塑料壶,与我在和平里的夜空下并肩缓行。他说国事,说他的经历,说他的女儿。他当时是一个普通编辑,一个沉静的人,清瘦而且言语间常有迟钝。我怀疑这种迟钝来自他多年的校对,还有无数稿笺上的审评,于是口语也成了断断续续的审慎和精确。

他把我这个陌生的大学生引入这种审慎和精确,引入他狭小的家,以啤酒、凉菜、临时小床,接待我在文学上的开始。他的名字在偌大的中国文坛里是如此的微不足道,在今后的岁月里想必更是了无痕迹。

他叫王朝垠。

上世纪七十年代末,是热情与热情会师的时代,是心灵与心灵久别后终于团聚的时代。那时候的文学没有星级宾馆和宴会,没有轿车和电脑,没有职称和奖金,每个编辑也都穷得没有对作者留食和留宿的能力。但素无交往的编辑和作者之间可以一见如故,为任何幼稚的创造而共同激动,绝无今天诸多信函中心不在焉的匆忙和文不对题的搪塞。当时一句关于"四五"天安门事件的私下义愤,甚至一个会意的表情,就可以使人们立刻在陌生人中找到自己的同道。一个情节或一个结尾的修改,也可以使编辑和作者作彻夜的商讨。

我没有保留短篇小说《月兰》的初稿,于是现在无法指证朝垠在这个作品里注入的心血。这个作品原名《最后四只鸡》，是我屡遭退稿差一点完全放弃的一篇，迟迟才出现在他的桌上。我后来才知道，他读完后兴奋不已。逢人便告，鼓动所有编辑放下手头的工作来传阅这一件自来稿，据说有位女编辑居然还真被小说感动得哭泣。事实上，如果没有他的上上下下的游说力荐，没有当时《人民文学》主编李季先生的开明态度和承担责任的勇气，这篇小说不可能面世。时值第二次全国"农业学大寨"会议隆重召开之前，这篇小说的发表无疑是犯禁和抗上之举，让明眼人一个个都悬着心。

　　这篇小说当然说不上什么很好。尤其在"文革"被最高当局正式结论为错误的后来，这一类悲愤抗争之言逐渐变得寻常，不再与风险和危难相连。有关这篇小说的各种风风雨雨也已成为过去，不再值得提起。但他为这件不再值得提起的事力争过，奔波过，焦急过和欢喜过。我记得他的家曾经是我上京改稿时的旅舍和餐馆，我也记得他曾经给我写过几封信，最长的一封竟有十页，纸上密密麻麻的四千多字。这样的信足使我对自己后来所有的编辑经历——包括眼下在《天涯》的工作而汗颜。

　　他承受过有关一个短篇小说的劳累和危险，却照例没有分享这个作品所带来的报酬和荣耀。在我不再是一个所谓文学青年以后，在我也像其他作家一样人模人样地登台领奖和出国讲学以后，他仍然在和平里或东四十二条的人群里提着一包稿子，带着病容步行。直到他病逝之时，据说他家的存折上才几百块钱，而他的妻子还只是一个临时工，面对着两个孩子长大成人的漫漫时光。

　　在那一刻，我突然发现他已经离我很远。我在天涯海角回过头来，向北方举目遥望，却无法使时间回到从前。我甚至无法记起我和他的最后一次见面是在什么地方，在什么时候。他只不过是我相交的太多编辑中的一个，如此而已。我们后来见面的机会很少，见面也多在会场或宴会厅，常常只能隔着川流的人影相视一笑。他似乎有心把时间让给我，让给我当时一些其它应酬——那些应酬多么华丽也多么空洞。我们的啤酒，我们一起挤过的床，我们的那个和平里林阴道之夜，在这种无奈的微笑里早已遥不可及。

但愿他的笑是一种谅解。

是的，他曾经给我写过满满十页长达四千多字的信。

而现在我只能写出一句话：朝垠老师，我想念你——连这句写下来的话，我也不知道该向哪里投寄。

一九九七年一月

聂子其人

世上有孔子、墨子、庄子、荀子……还有聂子。照我们乡下的称谓法，凡男人都可以简称为某子，因此聂鑫森是合法的聂子。

聂子在传说中胆子小，住在工厂宿舍的时候，晚上去上公共厕所，怕一路上的黑暗，怕附近农民的狗，怕草丛里的蛇蝎，必由夫人或孩子陪着壮胆。这些说法不知是否属实，但作为笑料一直在朋友圈里流传。不过，在北京读书的那年头，有一次他听到某些人闲言碎语攻击一位作家，他与被攻击者其实非亲非故无裙无带，只是觉得攻击过于离谱，不惜幡然作色拍案而起，同攻击者们始而争辩，继而恶吵，还差一点动起手脚。这样看来，他眼里揉不得沙子，好打抱天下之不平，关键时刻不惜以寡敌众，在习惯于和光同尘的国人中倒是胆大。

聂子在传说中十分守旧，写信要用毛笔，每日躬亲洒扫，会女宾必邀第三者，大概切肉片还务求方正，一切都循古制；更遑论孝父母必定期叩拜问安，亲手足必多方资援力助，只是礼数不可或缺——有时候长兄架子是要摆一摆的，弟弟们的见面礼不论厚薄是要的，否则脸上顿见不悦，还要严辞训导。不过，这样一个出土文物式的夫子在文学上倒不失新锐。他早期诗歌就很新潮，颇有惠特曼和马雅可夫斯基的风采，后来改写小说与散文也频频变体，谈卡夫卡、马尔克斯、博尔赫斯、福楼拜、福克纳等也历历如数家珍，对绘画、雕塑、书法、建筑、摄影等领域里的各种成功的离经叛道之作，无不津津乐道逢人便告，足令很多新派后生自愧不及。"一踢一撕得梦因得死改"（It is the moon in the sky）……他甚至用湘潭英语背诵过诗，只差没有把《论语》唱成蓝调，没把最前卫的文学打成天津快板或京韵大鼓。

聂子也是一个不轻易合群从众的人。文坛的这派那派，他哪派都不沾。文坛的这热闹那热闹，他哪里都不去凑。很多作家朋友曾邀他下海打伙经商，邀他结伴迁调沿海，还曾推荐他到省城出任作协要职，但这些美意在他看来都如加祸于人，吓得他连连摆手，语无伦次，一脸苦相。他情愿龟缩在株洲那座老城，紧守住他在报社的那张陈旧办公桌，天天窜行于他那几十年也没走厌的长街小巷，铁了心要辜负友人的期待和重托，做一个居委会也能领导和指挥的革命群众，一个无声无息的独行人。但他的独行并非孤傲，退避并非冷漠，半睡半醒的嘿嘿一笑并非世故。只要把时间拉长，他一份恒温、恒压、恒湿的友情就让很多人惊讶和肠热——不管你与他过从密还是来往疏，也不论你在后来的日子里是发达还是落泊，每逢新年你都可能接到一方别致的手工贺卡：书是聂书，画是聂画，印是聂印，甚至诗是聂诗，其诗、书、画、印四美俱而情意深，透出你熟悉的某种气息，某种遥远的可靠性和安全感。有一次，他还给我附寄小楷抄书一册，清代张潮的《幽梦三影》——不过是我有一次偶然提到这本书难找，他就悄悄记在心上，未能在书店里替我买到，竟帮我厚厚地抄录一本！

这就是聂子鑫森。

一个瘦瘦的黑面人，一个奇异的性格多面体，一个你不须记住但困难时和孤独时就悄然入心的身影。

聂子出道极早，在我还刚刚开始阅读报刊的时候，就熟悉他的铅印名字。当很多人炒文学股票短线速进速出之后，他仍有旺盛的活力和顽强的耐力，有稳定的创作产量和质量，更有稳定的乐世心态：只要有好茶一杯，香烟一盒，就可以与朋友海阔天空彻夜谈：从名人巨著谈到新手习作，为任何人的成就而高兴，为任何巨大或微小的新知而兴奋。他简直是一个体力无限让人生畏的文学马拉松长跑选手，既不关心前面是否有人拿奖，也不关心后面是否有人退出，甚至不关心眼下是否有观众、裁判以及其他参赛者，只是永动机一般地不断迈出两腿，以不紧不慢的巡航速度翻山越岭，穿越朝霞和夕阳，跑着自己的笔墨人生。

如果他没有成为孔子、墨子、庄子、荀子……但化用鲁迅先生一句话：他和他的同道仍是中国文学的脊梁。

子曰：活力我所欲也，定力亦我所欲也。

子曰：人生苦短，学海无边，众不堪其忧，唯贤者不改其乐。

子曰：有音容可供思念，不亦乐乎？

……

我忘了这些话是出自孔子还是聂子，抑或是出自我想象中的另一些子，我想象中无数的往者和来者？

二〇〇七年九月

安妮之道

安妮·居里安翻译过我的一些小说，是法国汉学家中文学译笔最佳之一——很多法国读者这样告诉我。她还翻译和研究过沈从文、陆文夫、汪曾祺、史铁生、杨炼等等。如果说翻译也是创作，那么法国人心目中的这些中国作家已非真品，其实有一半是她的血脉，她的容颜。

最初见到她是在一九八八年的巴黎。她套着一件深蓝色的肥大布袄，驾一辆半客半货的灰色工具车，从弥漫着光流香雾的香榭丽舍大街上匆匆驶过，奔赴某个书店或某个讲演厅里的中国文学。三年后我在戴高乐机场再次遇到她，她还是穿这件衣，还是驾这辆车，依旧与脂粉无缘。这使人难以知悉——其实也使人容易知悉，她出身于巴黎望族，亲属中有一串让法国小民惊羡的科学院院士、内阁部长等等。而她本人也是最高学术机关——法国科学院的研究员。这种人不是最有朴素的权利么？

一九六八年人类理想主义的大年和热季，红色成了法国学子们的流行色。他们向资产阶级的政府大厦挥舞着拳头，高诵毛泽东的语录，声援中国与越南，打起背包走向工人农民的贫困区……安妮的丈夫皮埃尔向我比划着讲述他们当年的狂热。我怀疑安妮的中文学习，就是从毛泽东的小红书开始。

但她不喜欢中国的一些常用语，比方说"牺牲"。

她说，她从不愿意用这一个词。牺牲是什么？为谁牺牲？谁是享用牺牲的圣主？现代西方人不牺牲。她更能接受中国的另一些话，比如"道可道非常道"，比如"三个和尚没水喝"。

于是，我看出法国当年的红色，在"牺牲"这片透镜下，呈示出与中国红色不同的光谱。她像不少法国人一样，有时谈论美国，就像谈论乡下某个突然冒出来的暴发户，而可口可乐，一般来说简直是浅薄粗野的赃证——虽然她如此诋毁友邦后总是礼貌地补偿一些对美国的赞词，但她谈论中国的古典哲学、中国的当代作家、中国的寺庙和书法、中国山民的耕耘和图腾仪式，眼里总是闪耀着非礼貌亦非职业兴趣的由衷欣喜，一次次朗笑之后，抿嘴低下头去，起身去干别的什么，会心笑意仍开放于嘴角良久——这种侧面最能聚焦她的美丽。

有一次，她还愿意学做中国菜，切了点辣椒，切了点蒜，在同西红柿斗争的时候差点切了自己的手指，紧张得脸一直红到耳根。她把这些东西煮成一锅，非中非西糊糊涂涂，如同比较文化热中一些时髦论著。最后我按捺不住，说还是我来做算了。

她的英文也好，几度在美国当访问学者。但密布美国的"卡拉OK"令她好笑，美国人习惯于雇用花工定期上门剪草浇花（此现象在法国大概也渐渐增多），使她不可接受。在她看来，自己动手是一种自尊，一种光荣和乐趣。她和丈夫忙碌家务的时候，你可以感觉到，他们修整着绿茵小院，其实是清扫着一片培育尊严的精神净土。

她在中国最感不快的经验，是作为洋人处处受到的优宠，比方住特别的宾馆，在特别的窗门买车票，得到政府官员特别多的笑脸。这不啻对她的侵凌和侮辱。她情愿自己扛大箱也不让侍者来代劳，情愿两腿酸乏地排队也不去外宾窗口优先。她说有一次在黄山，她执意要住中国人住的旅店，与普通中国人接触，结果竟被警察反复盘查，大概认为她有敌特之嫌，图谋窃取有关黄山的情报。

这次，她来武汉参加一个学术会议，又与我见面了。大家同游长江三峡的路上，东道主安排外宾坐一辆有空调的豪华中巴，内宾则坐普通大巴。安妮没有表示抗议，克制着巴黎人喜怒均形于色的脾气，但说什么也要钻到大巴上来，而且很不巧，坐在震动最剧烈的后排座。车一出城，黄尘一浪浪扑入窗内，连中国人也喷有烦言地捂鼻子抹脖子。但她不顾主人一次次规劝，坚持不回到豪华的凉爽和洁净中去。她在车壳子乒乒乓乓震耳噪声中，在尘浪的气味中，兴致勃勃地扯大嗓门，与邻座的黑发黄肤者谈长江、谈法国，甚至耐心地为某英语爱好者当口语陪练。满车男女都喜欢上她了。"这个法国妞，除了鼻子高一些，与中国人没什么两样呵。"有一老头这么说。

"为什么只注意我的鼻子？我的眼睛也同中国人的眼睛不一样，是不是？"她滋滋喜悦之余却有些不解。

船入小三峡，船重水浅，内宾们须上岸爬涉一段，安妮自然拒绝继续留在船上的优待。我知道，这并非她有行走癖，也不是有意克己矫俗。她是完全不赞成"牺牲"的。她只是把对社会等级的蔑视，对普通人的亲近，化作了自己的享乐。她的道与利欲已融为一体。

道不能止于理智。理智之道是一种自我强制，只是一种伪善者的勉强和造作而且常常伴有委屈感以及悲苦神貌，一有不慎，就会在利欲的爆发中灰飞烟灭。而真正的道是渗透骨血的。得道者们不觉得自己应该"做"什么好事，不以为自己做过什么"好事"，他们对每一个人、每一只鸟、每一棵树祥和欣悦的目光，纯属性情的自然。这种人出现在你面前，不用开口也不用行动，他们的眼睛时时向周围播染着愉悦、友善、充实和生活的自信，使你沐浴着无善无恶的大心之光。人们可以在一大群人中，毫不困难地把他或她辨认出来。

安妮用这样的目光，凝视着三峡群峰，眺望山那边的山，云那边的云，射向世纪末深不可测的蓝色天宇。长江在她脚下，黄汤奔泻，污浊了一切倒影，也把一切汽笛声淘洗成呜咽。她说得对，她的眼睛是天宇的色彩，与中国人不一样。

这一次，她送给我她女儿朱丽的一张画，汉文题目是"中国女儿"。画中人像朱丽自己，但也像她母亲，有一对蓝色的眼睛。

一九九三年十二月

重　逢

纽约这个美国东海岸的都会有点熟透了的感觉，砖墙和空气一块块老旧发黑，商业广告拥挤不堪，汽车和行人都技艺纯熟地竞相抢道，哪怕已经把优雅装备到牙齿的纤纤淑女也绝不心慈腿软，很少外露那种谦和礼让，一脚出去总是捷足先登，更不会对陌生人浪费丝毫微笑、问候乃至点滴目光。

地铁里每节车厢都被胡涂乱抹出昏话粗话鬼话一塌糊涂，堪称纽约"十景"之一。地铁线像根系一样钻入百老汇大街和帝国大厦之下盘根错节，于是就长出了地面上的群楼。

这一切已经很难改造。

我到纽约后给梁恒打电话，他是我的老同学，母亲又是我现在的近邻。这次我来美国，老人家托我给儿子捎来布鞋和衣料。

接电话是女人的声音，不用猜，是梁恒的犹太族妻子，中文名夏竹丽。她说她很高兴，知道我可能会来，说梁恒可惜不在家，到机场接金观涛去了。我同金先生有过交道，读过他一些文章，想不到他今天也到了纽约。

一个多钟头以后，有人叫我去接电话，这次是梁恒打来的。话筒里迸发出哈哈大笑，先是英语，后是中文，最后干脆成了倔头倔脑的土话："……讲长沙话啰，好久没讲长沙话哒。你要是还不来，我就到中国去（kèi）哒。什么事？谈判呵！国家体改委邀请……"

他的声音一点也没变，腔调一点也没变，好像还发自太平洋的那一边，发自七年前湖南师范学院的学生宿舍里。

当时放暑假，他留在空荡荡的学校，埋头写什么电影剧本。有时候游魂似的夹着一本大书，不知是游到什么地方去。或许是寂寞够了，他终于出现在我们寝室，两腿一勾上了桌，长长食指朝空中某个位置一指，嘶哑着嗓门说："……文学吗？文学在人民那里！你们写小说，应该同搬运工交朋友，同乞丐交朋友，同流氓交朋友。别林斯基说……"他从衣袋里摸出压得瘪瘪的火柴盒，捎带出几根零散火柴和纷纷烟丝。他引用抄录于盒上的某段语录，出自莎士比亚或别林斯基，加强他令人肃然的人民论。

"我写作就是这样，想出一个词，一句话，就记下来。想不出，我就到河边去走，到菜地上走来走去。"他宣布。

我们谈小说和社会，谈当时讳莫如深的"四五"天安门事件，觉得很投机，立刻惺惺相惜。他兴奋得又是捏拳又是咬牙切齿。"痛快，痛快，太痛快了——烟？"我没有烟了，他便东转西望，溜下桌去四下里"打狗"（找烟头）。他屁股高高撅起，把一米八几的大个头残忍塞入床下，好容易，头顶着一朵花花的蛛网，喜不自禁地捕来几个烟头，剐去湿津津的烟纸，与我们共享烟丝。他又觉得肚子饿，在墙角咣咚哗啦翻找半天，才找到半瓦钵剩饭，把一根筷子一折为二，也没菜，就大口吞嚼起来。

几个钟头之前，他还邀请我们到他那间用高低床隔成迷宫般的寝室，钻进他那一角，喝进口咖啡，吃海鲜罐头，洋吃洋喝，使我们顿时觉得中国饭菜实在庸俗。现在，他能贵能贱，俗极则雅，把枯硬的饭粒也嚼得颇有风度。现代青年不就得有这种别扭吗？如同公众要吃要睡的时候，他们偏不吃偏不睡，而公众不吃不睡的时候，他们就偏偏要吃要睡——这才是个性解放的别出一格！

他雄踞桌面咚咚弹起了吉他，唱起了歌，既有东欧革命歌曲的风味，也有《美酒加咖啡》之类的港台伤感，歌声很有感染力。吉他技艺则宜看不宜听。

临走时，他拍拍我的肩膀，神秘地说："告诉你们，我党第一次代表大会最近已在上海召开。你们千万不能泄露出去。"

我愣住了。什么党？自由党？民主党？社民党？共产党（左派）？……那时候中国小民一听到这些"党"就吓得舌头僵硬。

但他偏偏喜欢把话往狠里说，往心惊肉跳的地方捅。有一次他缺课好几天，据说是请病假，据说是去了黑龙江，回校以后向朋友偷偷宣布："老子这次本想跑到苏联去的，可惜不顺手。"

后来才知道这些不过是玩笑，不可当真。

暑假过后，校园里政治气氛升温，他给我们学生会的壁报写稿，是一篇哲理小说，主旨是为"四五"运动翻案。这张壁报在湖南省第一次冲破禁令，批判"两个凡是"，歌颂天安门事件，引起了连续几日人山人海的围观，算是一次不小的政治地震。连公安部门都派了不少人前来拍照和抄录，了解学生的情况。

接下来有北京的什么社论，政治气压骤然下降。据说梁恒对另一位壁报编辑匆匆忠告："当心，你们改革派要翻车了。"

这位编辑对我说："你看，改革派变一下就成了'你们'，第二人称！"

我也对这第二人称恨恨了一阵。

其实，人际之间无须这样敏感，人总是人，即无须高估对方的美德，也无须夸大对方的弱点。岁月流逝，最终总是洗亮人们记忆中的一些亮点。有一次梁恒与某同学骑车外出，天热，同学的毛衣便夹在车座之后。偶然回头，发现毛衣不见了，便沿路找回去。一直找到天色渐晚，这位同学已失去了信心，说一件毛衣也就算了。梁恒却不罢休，见路边可疑的小孩，皆恶狠狠揪住其胸口，拷问毛衣的踪迹。若这一手不奏效，随即又绽开笑脸，掏出一元大钞，想诱出两个小良民来揭发藏衣的盗贼。他比毛衣的主人更顽强更勇猛更不要脸，最后几乎把沿街的房门一一敲遍，误了自己的事，还是没诈出毛衣的下落。

梁恒没有对我们谈过他的童年和家庭。直到他出国以后，我才从他母亲那儿了解到一些情况。他父亲原是报纸编辑，曾被打成"右派"，后来离婚，下放，身残，全家有一段辛酸的日子。父亲去劳改时，梁恒还在幼儿园，节假日小朋友被父母领回去了，只有他孤零零留在空旷的幼儿园内，同一位守园的老阿姨一起，度过昏灯下的长夜。他还不知道母亲已经离婚远走了。读小学的时候，班上的同学都戴上了红领巾，只有他因父亲的政治问题被排斥在少先队之外。他哭过，冲着父亲吵闹过，后来想了个办法，谎称自己有大篮球，使中队长羡慕不已，网开一面让他入队——他说他这是第一次学会"开后门"。

梁恒夫妇合著的《革命之子》一书，成了美国最早描述中国"文革"的热销读物。书中谈到了他的初恋：女朋友的父母权势赫赫，看不起狗崽子梁恒，禁止这门婚事，把女儿打得全身青一块紫一块。女朋友偷偷溜出家，最后一次去看他。两人抱头痛哭了一场。梁恒跪下去，把对方手上膝上的一块块伤痕全部吻遍。在那一刻，他知道自己是永远无法得救的贱民，只能用冰凉的吻，为自己的卑微为对方父母的凶狠为不公平的社会现实，向姑娘赎罪——这种情节相信让美国女人哭湿了太多的纸巾。

美籍教师夏竹丽在学院的晚会上跳过几回昆虫舞之后，梁恒就常常夹着外语书往专家楼去了。学校领导对这个爱情事件大皱眉头，也不批准他们结婚。他们就写信给邓小平，几经曲折，最终获得了邓小平的支持，得到了校领导的登门祝贺。这件事闹得满城风雨的时候，出入专家楼的梁恒已不常和我见面了。

一九八〇年秋，选举区人民代表一事引起学潮。刚从美国探亲回来的梁恒，成了学潮头头之一，领导学生静坐、绝食、游行示威，免不了还发生阻塞交通和冲击机关的事故。我当时去过现场，发现梁恒与另一位学潮头头陶×分歧。他感谢我站出来讲话，不赞成成立跨行业的组织，也深深担忧学潮的不断激进化前景。他一身尘灰壳子，从席地而坐的绝食者中钻出来，把我拉到一个墙角，扑通一声双腿就无力地跪在地上。他的嗓音已经嘶哑成气声，夹杂着浓重的胃气和橘子汁味，酸酸地灼在我脸上，盘踞在我鼻子两侧久久不散。"陶×是个流氓，流氓，骗子！他根本不是要民主！完全是胡闹！我要把同学带回去，带回去！"

我后来在凌晨发表演讲，成功劝返静坐和绝食的同学，应该说与梁恒的支持有关。

我在梁恒的另一本书《噩梦之后》中，发现他写到了学潮，但写得十分简略，更没提到当时他与陶×的分歧。是他忘记了吗？或者是不愿意伤害同学？但他记述了自己一九八五年初重返长沙时与陶×的会面，对陶×能够自由经商表示惊讶，认为中国的政策变化十分大。算起来，大概就是两位学潮首领重逢的前一天，我也去宾馆见了他。当时他比中国人穿着更朴素，去掉了长发，刚剪的头还露出一圈青青边沿，长长十指倒白皙得特别触目，像是异乡幽暗岁月里开放出来的一朵白菊，在我面前招展着神秘的含意。

我问他这些年在美国可还混得顺利？

他说好歹也算个中产阶级了。

我听说他初到美国时也很难，不怎么讲话，跟着洋老婆跑了好些院校，最后才在哥伦比亚大学取得学籍，边读书还必须边工作。他在中国读本科期间就不是老实学生，进考场常靠夹带术化险为夷。美国何尝就没有让人心烦的枯燥课程？但梁恒没说这些。

我问他回国来干什么。

他说打算写一本书，介绍中国的改革，促进美国对华的了解和投资。"我现在是共和党员。民主党对中美关系几乎没什么贡献。我愿意为中国做些事，与中共互敬互惠地合作。哦，你是共产党员吗？为什么不是？我看你应该入党。"那神气好像他倒是大洋彼岸的共党书记了。

我提到他参与"中国之春"的事。

"过去的事情啦。"他笑着解释，"当时我刚从国内出去，火气很大。这两年经过痛苦的自我调整，才找到了现在的路。"

"同他们闹翻了？"

"也算不上闹翻。只是现在没有任何关系。我也不愿意评论他们。"

他和妻子没在长沙过春节，就去了湘西和贵州。《噩梦之后》一书就是这次重返中国的总结，充满了对国内改革的赞许和希望。书中用了很多中国现代俗语，对"内地人"、"高干子弟"、"万寿无疆"等都作音译，中国通的气派和材料的权威性，想必会使英语读者刮目相看。这本书连同更为畅销的《革命之子》，使梁恒在美国名声大振，他主办的刊物也得到几个大基金会的优厚赞助。

电话联系上以后，梁恒第二天来我的住处，请我吃饭，顺便带我去看他的办公室。这是临街一栋民居的地下室，窄阶窄门，不显山不显水的。三四间房子里成天开着灯，感不到昼夜的交替。有人正在用电锅做饭，另一个在沙发上睡觉的人见来了客，就进里屋去重新开铺。他们就是刚来美国的几位中国访问学者，暂时寄居在这里，省着饭钱和宿费。

梁恒很忙碌，话题从一个跳到另一个。一会儿说老兄你混得不错；一会儿说纽约比外地就是不一样，连人走路的步伐频率都高得多；一会儿说他住在好社区但纽约太拥挤多数人没有汽车也没有院子；一会儿说他主持的基金会想在北京建立机构以促进中西文化交流；一会儿说香港的大众舆论太浅薄我们必须开辟美国与北京的直接资讯渠道；一会儿又说我的方针是"深研究广交游悲观进取"无论参众议员商人文士流氓我全交往……正说到这里，杨小凯来了，也是位湖南人。我们把梁恒的刊物讨论好一阵。

"你看，我实在太忙。"他似乎很乐意让我和杨小凯参观他的忙碌，又是打电话又是签字又是向手下人交代什么又是向几拨客人分别交换几句中文或英文的闲聊——包括指导刚来美国的同胞正确使用She和He。

"夏竹丽呢？当妈妈了吗？"我问。

"没有，我们目前根本不打算要小孩。"

"为什么？"

"Business（事业）么。"

梁恒的Business已经受很多中国留学生的羡慕。一个幼儿园里曾经无人领回家去的孩子，一个被排斥在少先队之外的学生，一头闯进美国，当新闻人物、当作家和编辑、当文化活动家等等，同各类人物都沾得上又全都分得手，终于有了地位、名声、钱——他请我在一家著名中国餐馆吃晚饭的时候，特地让我看看他的信用卡，那种金卡。

他请我在金碧辉煌的餐馆里吃饭，重复社交场上千篇一律的看菜谱、碰杯以及餐后剔牙。但除了吃饭，我们还能做什么？还应该做什么呢？就像我以往见到一些久别的同学或朋友，在肃穆的办公楼，在偏僻的小镇上，在充满着药水味的病床边。我常常感到一种不知所措和不知所言的窘迫。面对着阻隔于昨天与今天之间的漫长岁月，我好像是来寻找什么的，见面了，却又发现找不到。我该叙旧么？我该打听么？我该重演往日的亲热和玩笑么？……我知道能做出来的都不是我要做的，能说出来的都不是我要说的——不是。我希望能找到的，我没法表达。

我只能吃饭。我看了梁恒一眼，注意到他也看了我一眼。尽管谈笑风生左右应酬，他眼中似乎也偶尔掠过一丝茫然。

我们都不是伟大和优秀的人，都清楚知道各自的弱点，但我们既然有过一段共同的经历，心里就埋藏下了一种让我们永远寻找的东西，也是永远也找不到的东西。即便在最平庸的人们心中，这种东西也在——它在不可名状的缄默中逐渐死去。

我们只有无奈。

纽约人用过了什么就扔，包括友人的重逢。我与他在纽约车水马龙的街头匆匆握别，期许将来的再聚，差不多就是期许将来的再一次吃喝，再一轮言不及义的交际化深刻或交际化潇洒。我很明白这一点。我回到了中国，见到了梁恒的妈妈——一位退休居家的老太婆。

看见这位头发斑白的母亲，我想起了梁恒在《噩梦之后》中，描写了一段生父与生母离婚多年后的重逢。那也是一次重逢。

试译如下：

父亲慢慢洗着澡，总算洗完了。我搀扶着他走向一辆出租车。这时我一眼瞥见妈妈走进了宾馆大门。一种解释不清的冲动，使我突然发现自己很想让他们互相见见面。"爸爸，妈妈在那边！"我激动地说，指着那位身穿暗绿色上衣的微胖的妇人。爸爸盯着我没能理解，仿佛迷失在梦中。"我的妈妈，"我急急地重复，"你不想同她说两句话？"

没有时间容他思忖，他不由自主地顺从地点了点头。我飞快地跑向妈妈说了这件事。她看来极为惊愕和尴尬。她何曾料想过这样的会见？她脸突然红了，理了理一头短短的灰发和厚厚的上衣，说："穿一件这样邋遢的旧衣，怎么好见人？"

经我催促，她慢慢走向停在那里的出租车，弯下腰，朝打开了的车窗探过头去。"老梁，"她踌躇说，"你好。"

父亲看看她，嘴张着却没有说出一个字，只是攥紧久经磨损了的拐杖。在我看来，这一刻似有无限漫长。

虽然妈妈已知道他的肢瘫，但爸爸的残疾状态必定深深地震惊了她。"老梁，"她声音哽咽着，"你多多保重。"泪珠从她脸上流下来，她转过头去，无法往下说了。她快步走上斜坡进了宾馆，我也没有劝止她。我钻入出租车，坐在爸爸身旁，抓住他的手。

我们上了街，爸爸脸上是一片从所未见的茫然。"她的眼睛，"他最后说，"似乎不像以前那么亮了。"

"爸爸，"我失声叫起来，泪水阻在我的喉头，"整整二十五年哇！"

"对不起。"爸爸低声说了一句。

在驶往他家的余下时间里，他一直沉默。

梁恒的生母眼下就在我面前，拿着较低的退休金，却总不愿向出洋的儿子要点什么。前不久她还嘀咕着希望儿子与儿媳生一个小孩送给她来带养。我常常看见她麻灰色的短发，看见她挎着菜篮子在菜市场停停走走，在我的早晨和黄昏中一天天苍老下去，于人世间留下那朵幽暗岁月里伸展出来的白菊——远方儿子白皙的手。这位母亲给儿子捎去的布鞋，我在美国商店也看到不少，从中国进口的，极为便宜，根本用不着从国内捎去。老人家大概不知道这一点。

但愿梁恒不会对妈妈说：纽约的布鞋也很好，也便宜。

我想他不会说的。

一九八七年十二月

落花时节读旧笺

自有了信息电子化，电话、电邮等正日益取代信函，投书远方已成稀罕之事。不久前清理自家旧物，无意间从一抽屉里翻出旧笺若干，如掘出一堆出土文物，让我惊喜，也不免惊惶：这也许就是此生我收到的最后几许墨迹？

来信者多为同行故人。他们的墨迹有几分模糊，但字如其人，或朴或巧，或放或敛，仍能唤醒一幕幕往事，历历在目。感谢纸墨这些传统工具，虽无传输的效率优势，却能留下人们性格的千姿百态，亦无消磁、病毒、黑客、误操作之虞，为我长久保存了往事的生动印痕。也感谢一个时代的风云聚散，让我得以与这些来信者有缘相识，无论是擦肩而过，是同路一时，还是历久相随，他们终是我生命的一部分，是读书读人读世界的一部分，已悄悄潜入一个人的骨血。

于是一封封重新展开。

一

西西，一九八七年十二月三十一日来信称：

我刚从北京回来，看见莫言、李陀、史铁生、郑万隆和张承志，好极了。他们老说就欠少功一人。我临走时遇上北京大雪，美极了，可仍然比不上你们这些美丽的人。我想，做一个写好小说的人不太难，但难在做一个能写好小说的好人。

如果我到湖南，我当然不想成为"抓稿人"，只想跟你和有趣的朋友（是何立伟、彭见明他们吧）开心地聊聊，一如在北京那样。不过，目前我又非做抓稿人不可，真可怜。事情是这样，洪范书店再编三四册，我就想到你的《女女女》。如果你不反对，请循例签写同意书寄回就行。据说你有一篇新作《棋霸》，不知刊在哪里。

西西是香港作家，身居灯红酒绿之地，仍有几分艺术的高冷和狂野，《胡子有脸》《母鱼》《我城》等作品变化多端，现代主义前卫风格天马行空，相对于满城花哨的地摊书，堪称香港一大异数。内地开放之初，她是两岸三地的文学交通中枢之一，将一大批内地作品引入繁体字，其规模和反响达一时之盛。但作品之外的她毫无先锋造型，既不会目光直勾勾，也不会烟酒无度、满口粗话、深夜海边暴走，倒是质朴如一村妇。第一次在酒店相见，她衣着低调，张罗茶点，引见和关照几个随行青年，在茶座的一端几乎没说什么话，似乎更愿意让她的学生们多说——文学班主任的服务十分体贴。

市场化经济大潮扑来，新时期文学迅速转入疲态和茫然，包括西西在内的很多人后来大多音讯寥落，相忘于江湖。二〇〇八年春，我在香港浸会大学待了两个多月，好几次打听她，不料教授也好，作家也好，青年读者也好，都说不出一二，甚至对这名字也不无陌生之感。我大吃一惊：这还是香港呵？

还好，总算有一位颇费周折找来了她的电话号码。我通话结果，是发现她竟然近在咫尺，与我同住在土瓜湾的一角。这个土瓜湾，靠近九龙城寨，即当年清政府嵌入殖民地的一处留守官署，亦即后来匪盗横行的一块法外真空，直到再后来才经陆港双方签约，将其改造成一个公园。我租房在此，常沿着港湾散步，看各类争奇斗异的市井食肆，看水面倒影中的灯火万家。我何曾想到，我可能早与她在此路遇多次，只是已互不相识。

她由丈夫陪伴，偶尔还靠亲人搀扶，前来与我见面，看来身体已不是太好——这也可能是她多年来息交绝游的原因之一。

我终于见到她，重新握住了她瘦弱而清凉的手。

二

张贤亮，一九八八年六月二十三日来信称：

那天在侣松园门口，忙乱中还没来得及告别，待我拿到房号钥匙奔到门口，那辆破车已不见踪影。我想你还会跟我联系的，特地告诉了门房，但也没能再听到你的下落。

我试着写这封信，也不知你能否收到。

在北京待了两天，果然听到启立同志在人民日报的一次会上，根据那位巴黎中新社记者唐某打的"内参"，批评了我们的代表团。使我痛心的不是打小报告，而是领导人惯于听一面之词。干脆走他娘的，躲进小楼写小说。你年纪轻，望好自为之。我是觉得已经束手无策了。

可能的话，把《生命中不能承受之轻》寄本来让我拜读。

在很多人眼里，张贤亮是一位风度过人的文学男神，曾以《绿化树》《土牢情话》等小说折服包括我在内的大批读者。他后来转型为商界大亨，据说有钱便任性，曾以超长豪车接送朋友，路旁还有两列黑衣保镖一路随车小跑，其排场俨如帝王。他的放浪也大尺度，发出邀请时总是宣告："带情人来的我就报销头等舱机票，带老婆来的统统自费！"这一类话是玩笑，但也难免给他带来争议。

一位熟读和盛赞《资本论》的热血之士，一眨眼成了金光闪闪的资本家，这是当代中国故事中并非少见的个人命运轨迹。从信中看，他也有温存的另一面，竟为一次忙乱中寻常的不辞而去，驰函以图追补，周到得让我惭愧——他当时尚不知我的确切地址。至于信中提到的"内参"，是一九八八年中国作家代表团访法所引起的。那个代表团超大。其中有几位在巴黎痛责中国的体制和文化，得到大批听众激情的鼓掌，却与部分华裔人士爆发争议——包括他提到的"中新社记者唐某"。这场争执以"内参"或其他方式传导国内，后来也成为文化界思想纠扯的案底之一。

其实，据我当时了解的情况，争议双方首先有背景的错位，有语境的分裂，说的好像是一回事，但联想空间、意涵所指、听众预设等远不是一回事。刚出国门的中国人，满脑子还是官本位、大锅饭、铁饭碗、冤假错案，不发发牢骚，不冒点火气，好像也不可能。不过长期生活在外的不少华裔对这一切感觉较为模糊，恰恰相反，他们的切肤之痛是不时蒙受某些西方人的白眼，一身黄肤黑发没法改，最急的是没有自尊本钱，最愁的是没有自强后盾。好容易有了"两弹一星"什么的可供吹嘘；再说说《论语》《道德经》，或扎个狮子舞个龙，图的是在"多元化"中也挤进一席。他们如今听中国作家反这反那,连传统文化也要一股脑统统黑掉,那还不跟你急眼?

真正听懂对方的意思,其实是不容易的。

三

刘宾雁,一九八八年三月一日来信称:

江苏的徐乃建寄来一本她译的昆德拉的《为了告别的聚会》。几个外国人向我推荐过他的 *The Joke*(《玩笑》——引者注),那是一九八六年,读了,并不觉得像他们说的那么好。

三月十六日,我要赴美,先在UCLA讲学二月,九月起去哈佛参加尼克森基金会的记者活动,到明年五月。

对于讲学,我还全无准备,想得到你的帮助:一、想听听你对近几年中国文学创作的看法,哪怕简单几十个字。王蒙化名"阳雨"在《文艺报》发的文字:关于轰动效应之后(1,30)你看了吗?就此写几句看法给我也可。进一步的问题,告诉我你最喜欢、或认为较好的青年作家是谁,哪个中短篇小说较好。二、你自己的短篇里,你最满意的是哪个?三、你近几年谈文学或谈自己创作的文章,告诉我发表的刊物(记得前不久读过《上海文学》上的一篇)。若能在三月十五日前寄我最好。

刘宾雁比我年长一大截,对文青们有忠厚大叔范儿,又有"包青天"打抱天下之不平的沸腾声誉。我读过他的不少报告文学,发现他不论写到哪个地方,总是要写出改革和保守的两条路线、两个阵营、两个司令部……正邪相博,圣魔对拼,煞是惊心动魄的精彩。但这种二元图景不容易与我的生活经验对接，似乎滤掉了太多复杂性，尖锐、痛快、正义凛然，却有失真度的偏高。碍于一份对长者的尊敬，我一直犹犹豫豫，未能向他表达过自己的意见。每次见到他疲惫不堪，一脸忧思沉重，据说被家门外排成了长队的上访者轮番搅扰，被全国各地的冤情和苦水没日没夜地消耗，也有几分于心不忍。

一位作家偷偷说过，他对文学界太失望，说除了少数几个，其余的都在走歪门邪道。这也许他是恨铁不成钢，痛惜同志们写得不像炸弹和旗帜，"寻根"呵"先锋"呵什么的，远不解现实政治之渴。无疑，从《西望茅草地》到《爸爸爸》，我的笔下多了些古怪，在他眼里也肯定是一条堕落的下行线。

但他还是来信征询意见，不耻下问，尊重他者，一份温厚令我感动。我不记得自己是如何回复的，也不知他收到回复后是否对我更加疑惑了。一晃几十年过去，我一直没机会与他扯散了掰细了深谈，直到他多年后客死他乡。

想想这事，让人揪心。

四

聂鑫森，一九八八年三月二十九日来信称：

自你们走后，我们每每谈及，常惘恻然，遥想你们顶严寒而去，人地生疏，为之悬悬，念念不已。那晚风雪飘飘，独坐室内，遥想友人离散，颇多感慨，便写一首五言诗：

少壮光阴迫，慨然走边陲。

楚地多俊杰，星石强争辉。

把酒论时势，举翼尽南飞。

冲开凛寒阵，何日再重归？

建构新文化，从此不低回。

椰林缘案牍，荔枝红书扉。

烈日炙眉宇，惊涛洗鬓灰。

嗟哉零落雁，敛羽难与随。

京华久滞留，世事每相违。

推窗风打雪，遥祝酒一杯。

聂鑫森一张长黑脸，最重朋友情义，以至湖南文学界流传一句话：谁要说聂哥坏话，那这家伙一定是坏人，轰出门去就是。

我与他分居两个城市，几乎每次相聚都是朋友们长谈竟夜。有一次我找不到清代张潮的《幽梦三影》，他听说后竟毛笔正楷抄来全本，厚厚一大叠，让我大吃一惊。"因雪想高士，因花想美人，因酒想侠客，因月想好友，因山水想得意诗文。"我差一点觉得这些句子的抄录者就是原作者本人。

我手上最多他的来信。这里挑出的一封，是写在我和一些朋友"南飞"之后。当时海南建省办特区，欢迎各地梦想者参与，力图在一个雨林浩瀚天高地远的边陲海岛，一张白纸随便画，迅速升起一片现代化奇观。他因就读"京华"且家事缠身，"敛羽难与随"，无法与我们疯疯地南蹿。听说我们选在大年初一举家登车，顶风冒雪，绝尘而去，他一腔愁绪自是难免。

幸好他没来上车，否则也就没这些诗了。

五

李亚伟，一九八八年七月十一日来信称：

信收到。我刚哼哼呜呜准备出发呢，夏天的山山水水让人站立不稳。

这里还未开除我，高考还叫我监了考，之前上了几节音乐课，我使劲摇荡着身子教学生们唱流行歌曲来着。但显然我头顶的天空不够用，这些日子我不停地写着海，我的句子成群结队要往岛上爬。

我强烈要求招聘！

但如果你那儿不太顺利，我就使劲等些日子。我走来走去地等，抽烟，吹口哨。我不在乎招聘或是调动，只要能来，我极不喜欢这儿的环境。几年了，这儿的很多东西都在围歼我，想干掉我。我曾几次离职，都因没找到工作，饿，最后高举双手回单位投了降。

海南建省初期的条件十分艰苦。我租住的平房外，野火鸡不时出没，野香蕉随手可摘，完全是一片荒野景象。因停电和煤气断供，三家人只能合伙用树枝或煤油做饭。有一天，我姐想好好犒劳一下家人，好容易做出一个大菜：葱爆猪肚。没料到突然冒出几位不速之客，见一盘大菜上桌，手也不洗，也不要筷子，甚至未经主人同意，便乐滋滋争相下手，三下五除二吃了个盆底朝天，吓得几个孩子躲得远远的。

我姐气不打一处来，偷偷问"哪来的这些王八蛋？"后来才知道来者都是诗人——呵，诗人。她好一阵恍惚，把来客留下的两册油印诗读到半夜，才渐渐消了气，第二天早上说："确实写得好。"

算是认可了一桌饭菜的被迫捐赠。

这一诗界闹事团伙中就有来信的李亚伟，一个四川小伙。他曾以"莽汉主义诗派"闻名，其语言的粗野、狂放、草根性、嬉皮风，可视为后来小说贫嘴化和网络恶搞化之先声。"夏天的山山水水让人站立不稳"，"我头顶的天空不够用"，"我的句子成群结队要往岛上爬"……这一类野生词语在他笔下信手拈来，横蛮无理，爆破力强大，足以搅得文学礼崩乐坏。

我最终没有能力招聘他入职。这一群爷在海南打过架，名声远播后，其他机构想必也只能敬而远之。

他后来招聘了自己，据说不久便成了一大富商。

六

陈映真，一九八八年十月二十二日来信称：

海南是一个处女地，在"现代化"的政策下，她即将付出惨烈的人的代价、大自然的代价和文化的代价。依台湾的经验，少数民族的沦落和社会的解体，女性的娼妓化，男性沦入底层劳动者。民族文化的解体，民族主体性的解体……如果中国共产党和大陆知识分子容忍甚至鼓励这种发展，对我是痛彻心扉的失望与绝望。

请Stven带去《人间》杂志十册，表示我的友情与敬意。《人间》是站在"弱者"——民众的立场去看人、生命、生活、自然和社会，特别要追究"发展""现代化"所付出的不必付出的代价。大陆知识分子对西方讴歌太浅薄，太轻佻，对西方资本主义太无知，对中国开放改革的世界背景，即体系化的世界资本主义所加以的限制太无知，对中国社会主义革命的评价太低，对马克思主义的批评太轻率。我们理解这是"文革"的反动,但反动与感情用事不是对待真理的态度。

他一九九四年八月四日又有一信称:

接获来信及影印页,何其高兴。那封信能刊在书上,说明大陆上言论也自由。这样说,也觉得有一股辛酸的讽刺味。在共产党支配的社会,左派意见反而难出头,不一定官方要压,反倒是一般知识分子会嘲笑——都什么时候了,还要这样提问题?此所以那封信多年后刊出,竟使我惶惑惊讶不已!

少功兄,这个时代还需要作家写出时代巨大变化下的人和生活,接续上世纪三〇年代、四〇年代民众文学与民族文学的大传统,兄其勉哉!

对于"现代化"名义下的资本主义全球化,陈映真也许是两岸知识界中最早的质疑者和批评者,相对于二十世纪九十年代中后期内地迟到的相关讨论,差不多早了十多年。这当然得益于市场和资本在台湾先行一步,也离不开一个左翼作家的思想定力,还有某种基督教背景下的济世情怀(台湾学者赵刚语)。他提到的"三〇年代、四〇年代"文学大传统,放到百年乃至千年历史大框架里看,还真是一件事:"空前"已无疑,是否还要"绝后"?

可惜他的《人间》杂志未能坚持多久,其它努力也屡遭挫折,号召力在台湾日渐微弱,似乎被他所殷殷关切的"弱者"和"民众"所无情叛离。取而代之的,却是后来奶油散文、八卦故事、狗血写作的呼风唤雨横行天下。对于很多人来说,这当然是一种讽刺,也是一种尖锐逼问:说好的民众呢,在哪里?

换句话说,民众是什么?民众如何区别于民粹杂群?民众需要关切,是否也需要再造?如果这后一个问题没法借助更多手段来加以解决,那么前一个热血版的精英问题是否还有意义?

这些事一想就要头大。

感谢陈映真,能让我们的脑神经无法懈怠。

七

邓友梅,一九九〇年十月八日来信称:

前一段在深圳,听说你参加《花城》的笔会,我尽力打听你的地址,可是怎么也打听不到。似乎在保密,一会说在宝山,一会说在小梅沙,到底也没找到,只好作罢。

法国的事我知道。办手续最好是由海南直接办,不要通过作协,通过作协要麻烦得多。巴黎你大概去过了,很值得再去,唯一要稍加注意的是,那些精英大部分都在花都。有些是老朋友,见面时稍有点分寸,别给任何人抓到可做文章的材料。

除此之外无可忧虑者。

海南情况似乎颇好。我是指你们几个人,《天涯》(指两期彩版大众试验刊——引者注)办得很有生气。见台湾报载《生命中不能承受之轻》已列入今年畅销榜,我弟文运亨通,可喜可贺。

邓友梅也是一位文学前辈,当年以《那五》《烟壶》等京味小说享誉文坛。后来有作家曾指其涉"左",大概与他官居中国作协领导职务有关。不过,从信中看,他主管外联部,与我素无私交,对一个小字辈的个人出访还是很上心。不管是私下指导,小心叮嘱,还是顺便鼓掌拍肩送温暖,都透出了长者的善意。

我后来很少见到他，但时常念及那一个政治气氛相当紧张和敏感的时刻，一封信所送达的难得温暖。

八

孔捷生，一九九〇年二月十七日来信称：

我没了你的消息，正如你没了我的消息。我是你的朋友Kong，现英文名叫Jason。以你的英文功底已应联想起我是谁。不错，我就是孔某。去岁情况你当以略知。我现居三藩市，并任"中国现代文学"《广场》总编辑。社长是陈若曦。此信除了向你报平安外，就是约稿。刊物背景是一个民间文教基金会，无特殊色彩更无与外间什么组织有瓜葛。我本人亦无参加什么团体。

陈本人七月返大陆组稿，亦可见本刊之包容性及纯文艺色彩。

与孔捷生曾有一段热络交往，比如一同去北师大参加什么联席会。与会者有北京几个大学的文学社团代表，也有身着工装的工厂诗人，或蓬头垢面的流浪文青。我们是由一位陌生女士引入的，先有电话约定，然后在某公交站会合，双方各拿一张报纸以为暗号确认，颇有老电影里地下党的神秘气氛。后来，我们又一同参加过《今天》杂志的例会。北岛主持会议。陈迈平参与张罗。有人朗诵诗，有人捧读小说，都是各自的新作，然后席地而坐或靠门斜立的文青们投入热烈讨论，有一种群策群力联合攻关的文学大生产劲头。作为北岛带来的客人，孔捷生不把自己当外人，以粤式普通话喷了一通写作经验，要求把某篇小说至少砍掉一半，搞得作者脸上有点挂不住。

相对于二三十年后作家们见面只是谈股票谈古董谈足球谈豪车谈

版税就是偏偏不谈文学,当年的联合攻关大生产不无喜感,却也让人怀念。

那一年政治风波后,他也是我的失联者之一。好容易联系上了,没轮得上我投稿,那份"纯文艺"新杂志便已匆匆倒闭。

据说他后来成了旧体诗词达人,又曾以化名在网上发表过不少时论,但这些飘忽传闻都莫辨真伪。

九

蒋子龙,一九九二年五月四日来信称:

感谢你邀我南下,虽来去匆匆,但很愉快。

阁下保持了自己的品位,但又对这个复杂多变的社会和文坛应对自如,实属难得。登机后拿出你的随笔集,不料不是送给我的。连你这样从容自定的人也被笔会搞昏了头,可见笔会不可轻易办。你的智慧陪我在飞机上度过了三个多小时,直送我到家,可谓圆满。

蒋子龙算得上新时期"改革文学之父",以小说写遍国企、机关、乡村的改革,写遍了《乔厂长上任记》的自信和《农民帝国》的困惑。肯定是社会的碎片化和改革的歧义化,撑破了他的笔墨控制,让他后来不再容易踩到朝野各方的共振点。但不少同行还是余妒未消,说我们当年写小说想得奖,同那姓蒋的写小说想不得奖一样难呵。更大的奖牌当然是:上世纪八十年代曾有工人在厂门前贴出大标语:"欢迎乔厂长来我厂上任!"某省当局还曾以红头文件转发过他的小说,以作为各地改革的思想动员和办法参考——这些奇事,在文学史上一定绝无仅有。

他身上总是有一种大国企的金属味，是有棱有角的坚硬体，比如每天坚持几千米游泳，一游就是数十年不辍，每天都活得英风勃勃，精神抖擞，当当响汉子一条。

天津好几位男作家似乎也有这股劲儿。

十

许觉民，一九九二年十月三十日来信称：

此次在武汉相聚并同游三峡，十分高兴。

《百人传》是一九八九年出版的，样书及稿费寄湖南，稿费被退回，但样书未见退回。我写信问周健明，因匆忙间把他的名字写成了"周介民"，他大概动气了，不给我回信。我与文学界素少往来，因此这事一直压在我这里。这次有幸见到您，先将这事做一了结——稿费：叶蔚林二十，韩少功十五；样书：各一册。稿费已由邮局汇去。样书，按规定一人有两册，现在凑不齐，只凑到两本，也请谅！

附寄拙作两册，赠您与蔚林同志各一，尚希教正。这是上世纪八十年代初写的，出版社勉强印的，稿子压了六年，甚不足观。此后写的，没有一个出版社肯印了，放在抽屉里，让蟑螂去批判吧。

这封信富有传统道德教育的价值。

诚信：事关一二十元小稿费，居然念念在怀，绝不马虎，哪怕事隔多年后一有机会就要细心办妥办实。谦和：对一个后辈晚生也和颜悦色，执礼如仪，恭请"教正"云云。旷达乐观：能轻松面对自己晚年的窘迫，不惜公开自嘲一把："让蟑螂去批判吧"——这句话曾让我笑出声来。

来信者许觉民，一九三八年就加入中共的老资格，老出版家和老评论家，传奇性故事一大把，曾任人民出版社总编辑和中国社科院文学所长，按说有足够的人脉资源和资历本钱，给自己营造一点能见度。但他的书在上世纪九十年代居然"没有一个出版社肯印"，可见时代变化之巨，令人唏嘘。

十一

何士光一九九三年一月二十五日来信称：

这几年由机缘牵引，确实也另外地体验了一回生命。常悲切我糊糊涂涂地来到人世上，东零西碎的见闻似也有一些，但究其根底，却仍是一片黑暗，亦必是糊糊涂涂地离去。因想倘能于根底处有所知晓，庶几就不虚此生了。子曰"形而下谓之器，形而上谓之道"。由下而趋向于上，其势标来亦是人生之必然。倒也省些蛛丝马迹，见我辈中人也渐渐向此中转。曾读到你推荐《坛经》的文字，也以为是一种消息。

听洪声说起你在读拙作《如是我闻》，深觉欣慰，盼能读到你的意见。那当然还只是初步地写出一个头绪，其间的幽密，自还十分渺茫。先写下来，让它去经受自己的缘分。由此以往，倘还有写作，大体亦将依此线索。那么当然把文坛种种都抛弃了，而经受自身的这一份因果。

贵州的文事同各处一样，也十分寥落。但文事一如原先的文事，又焉得不寥落？寥落也是必然，也是因果。唯其寥落，心才渐渐有生机透出来。我在拙作中引过老子，那便是道失而后德，德失而后仁，仁失而后礼，礼失而后义，这之后，便该是义失而后利了，而今正是唯利是图之际。利也是要失的，利失之后，循环过去，则就是道了。眼下却也能让人感到道的悄然兴起。

二十世纪九十年代是新时期文学急剧分流之时，有的卷入政治，有的扑向市场，有的则投奔宗教。较之于有些人放眼《圣经》或《可兰经》，何士光最终选择了道与佛。

在世俗化传统超强的中土，佛和道保留了中华文明对永恒和辽阔的一线远望，指向一份安放灵魂的幽深。一旦满世界"义失而后利"，物质化大潮逼压，宗教也许就是比抑郁症、狂躁症更积极一些的解决方案。毫无疑问，当一张张面孔哗变成唯利是图，寡廉鲜耻，无恶不作，远古的终极之问总是会及时归来，进入有些人睡前或醒后的片刻惶惑——这些惶惑无疑值得尊敬。

一位当红作家因此而突然销声匿迹，从人多声杂的地方抽身而去，其内心诸多痛感，我们大概也不难想象。

但宗教也有风险。特别是在"利益+"或"利益×"的时代，伪宗教、邪宗教、烂宗教也断不会少。我给何士光写过书评《佛魔一念间》，载于一九九四年《读书》杂志，曾指出求术也可能"执迷神秘之术"，求道也可能"误用超脱之道"，两个层面都不是那么保险的。这话的意思是：宗教若能让强者清心节欲，让弱者得到心灵安抚和互助实惠，那么不管折腾出多少离奇神话和夸张的形式感，都算得上人间功德，可弥补社会管理之不足。很多无神论者对此可能缺少应有的理解。另一方面的道理：如果郢书燕说，让"随缘"成了绕开难事走，"破执"成了胡说八道全有理，"无为"被理解成坐等白吃不脸红，"超脱"被理解成对压迫者、侵凌者、欺诈者一律装聋和袖手……那就不知有多少昏昏男女要被荼毒了去。很多"法师""上师""仁波切"为何对此睁一只眼闭一只眼？

说实话，我身边有不少例子证明，很多人得宗教之益少，得宗教之害多，看上去更像是用神神道道给一己私利换上个精包装，能否给自己加分，还很难说。

何士光不会没看到这种复杂性。他在贵州与我有过讨论，还说曾有一长信与我，只是这封信我一直没收到。

他笑了笑，说既如此，那便是因果，不必另写了。

大师拈花一笑，已随说随扫。

十二

李建彤，一九九三年十一月二十七日来信称：

我的纪实长篇《现代文字狱》，你是知道的。你们杂志上载过我的第三章，其余未露过面。我本想交给香港的繁荣出版社，谁知该社长来北京开政协会，传给他的朋友们，弄得风风火火。中央的领导人又派人去香港取回来，交给我。一位朋友说：慢点发吧。

现在我又该找你的麻烦了，你还愿不愿出版我的书？现在是一、二、三卷都改出来了，你如想用，我一本一本寄给你。

我很想找你聊聊。海口见面，我觉得我们说得来。欢迎你来我家做客，带上你的爱人。

来信者是中国著名红军将领刘志丹的弟媳，上世纪六十年代曾写长篇小说《刘志丹》，被最高领导层定性为"利用小说反党"因而闻名全国。其丈夫刘景范，还有习仲勋、贾拓夫等老友，都受到这一政治错案的株连和影响。《现代文字狱》就是她获得平反后，对这一风波始末的亲历性回忆录。

记不清是上个世纪九十年代初的哪一天,她由一位女士陪同,敲响了我家房门。这位七十多岁的老太身体较胖,如沉沉一袋沙石,爬上五楼时早已气喘吁吁,两膝不时颤抖。那一天恰逢停电,我在蜗居斗室点上蜡烛,听她说明来意,说她介绍新书写作过程等。想到她从北京找到海口,再从海口找到我的居所,一个公交车都没通的远郊之地,一幢黑洞洞的旧楼房,真是让人过意不去。我主编《海南纪实》杂志时,与朋友们编发过她这本书的几万字,不过是职责所系,做了件小事,不值得老人家如此客气和辛苦的远程来访。

我和妻子送她下楼时已是深夜。

《海南纪实》停刊后,我为她找过几个出版界朋友,探寻她这本书完整出版的可能,但最终未能帮上忙,只能扼腕一叹。

十三

张承志,一九九四年十月二十日来信称:

有一本安徽的散文集《清洁的精神》,几乎全是新作品,无奈印时不校,错字有三百多处。香港林先生若回信应承,我便把书稿和勘误表一并寄去,俟书出后,再呈你批评。

我母亲于九月二十八日去逝。至今都在忙着丧事,感慨万千,但我有了基本想法,即不愿借母丧而做文章。

此外,我在联系着一些老同志,编一套批评和介绍西方文化政治源流、以及二十世纪六十年代以来各西方国家左翼的丛书,盼用它普及新的世界观点。此事刚刚起步,俟明年书成后,我们几个人都谈到你,盼你发表意见。

正如你所说,"右"的大潮尚在澎湃,"左"的投机已经开始。这就是中国的知识分子,毫无耻的观念的中国智识阶级。不过我更觉得与之区别的必要。作家中具备区别和分庭抗礼能力的人并没有几个,你应当站出来,得更靠前一些。

想象中,张承志是一个策马走天下的独行游侠。但他似乎活得比同行们都要大,上下五千年,东西数万里,都是他心中沉甸甸的块垒。他是学考古的,对东亚、中亚、西亚、南欧、南美的一路人文深探,使他无法再回到文学圈的沙龙和酒会。他重新戴上白帽子,从中体会"清洁的精神",体会民间的"口唤"和"举意",但这也给他引来了不少误会。我曾向他请教过伊斯兰的问题,发现他对极端暴恐势力的痛恨,其实比我们这些非伊斯兰教徒还要更强烈,更焦急,更沉重,也更多一些学识支持。

只是这一切,同某些时尚人士不大容易沟通。那些人不知黎凡特与古希腊的关系,不知阿拉伯与欧洲文艺复兴的关系,不知基督教与犹太教之间的忌言秘史,不知其他宗教背景下同样可能的血迹斑斑(如美国、英国、德国等地大比例的"非穆"恐袭事件,包括挪威一基督徒二〇一一年那次一口气杀掉七十六个人)。当然,他们更没见过伊斯兰世界里同样随处可见的微笑、忧伤、礼让、清澈双眸……一句话,他们哪怕花十分钟翻翻书的兴趣也没有,更愿意在流行媒体的标题中找真相。

张承志早就放弃了小说,多年来只写散文,甚至是接近诗的散文。这大概是一个十分合适的选择。小说是一种不那么"清洁"的形式,至少就材料层面而言,需包容形形色色的人与生活,总是不避泥沙俱下的芜杂,因此不那么鲜明,不容易绝决。这种大众读物也不可能偏离大众思想情感的中值均线太远。相比之下，张承志似乎被对抗逼成了对抗，志在纯粹，行事苛严，总是在生活中高度苛严地挑选朋友、读物、活动、立场、表情、话题、场合、词句、饮食、着装、文体句法……以对抗心目中那些卑污势力的侵害或利用。这种无时不在的警觉，这种时时紧绷的排除法，与小说伦理和小说美学当然格格不入——至少是差别甚大。

他前期的小说《黄泥小屋》《海骚》《心灵史》等，其实已早有诗的趋向，相当于一种外人不易听懂的"举意"与"口唤"。

十四

心水（黄玉液），一九九四年九月二十四日来信称：

接触不少中国来澳的朋友，他们的浮夸、虚假、胡乱的男女关系，假学者、假教授都有，尤其是为达目的不择手段更令人心寒。对大陆人的一般评价，海外华侨都有看法。我认为完全是环境造成的。你宏愿重新唤起国人对优良传统文化的重视，挽救民族性步向正途，这份心肠就已是佛心。可惜中国文人大多忙于"下海"追逐名利，少有忧民忧国的作家。有缘认识，真有相识恨晚之感。

心水是澳大利亚华裔作家，不一定认识张承志，却与后者几乎不约而同，对众多中国智识精英痛心疾首，出言便是一剑指胸，刀刀入骨。

值得一提的是，他的这些看法与官方"洗脑"无关。恰恰相反，他只是祖籍福建，自己出生于越南巴川省，一九七八年携妻子及五名儿女乘渔船仓皇出逃,,以躲避越南共产党新政权的打击浪潮，在海上漂流了十三天，又在荒岛上苦斗自救了十七天，最后才转道印度尼西亚，进入澳大利亚难民收留地。他似乎是最无具体理由要"忧民忧国"的一个受苦人——至少也是一个局外人。

十五

薛忆沩，一九九五年三月一日来信称：

我们的舆论通常为技术主义和经注主义大唱赞歌。它们注意不到现代文明在很大程度上是值得怀疑的，是有问题的。无论是旧式的文人还是共产党传统中的文人，都容易在物质的繁荣中醉生梦死。有谁能提醒人类这个蹩脚的司机在遭遇坎坷的时候应该降低档位呢？

冷战结束之后，人类的去向已经不很明确。中国社会恰好在秩序混乱的时候钻进商业的漩涡。它的命运可想而知。在这个可悲的时刻，在这个不断生产出牺牲品的大变动的前夕，我们也许可以用一点冷静来保护我们的森林，我们的河流，我们的空气，我们的尊严。这一切已经远不如二十年前、当我还是一个小孩子的时候那样了。技术的进步为人类潜伏下毁灭的隐患，经济的发展将个人模型为谋生的工具。这两种趋向又都以对自然的破坏和对精神的歪曲为代价。其实，没有冷战时代强烈意识形态的遮掩，人类的去向可以看得更加清楚。人是在朝向灾难拼命努力的动物。

我当过薛忆沩的责任编辑，不曾与他见面，只有些书信往来。一代年轻人的写作，好像大多数更愿意"去思想化"，更相信"跟着感觉走"，小清新一点，无厘头一点，玩High（爽）了就行。但他似乎不一样，在信中展现出人类史的大视野，对技术崇拜和发展迷狂深怀忧患，对现代化"文明"绝无"小资"们那种粉色喷香的全心膜拜。他的这些看法写在一九九五年，放到思想界也是一种难得的及时发声。

接触这样的后生多了，我对"代沟"之说便不以为然。

我后来说过，我们读几千年前的孔子、老子、孙子等，都没觉出多大的"沟"，读几百年前的施耐庵、曹雪芹等也没觉出多大的"沟"，怎么一二十年偏偏成了"沟"？

十六

陈建功，一九九五年六月十九日来信称：

我已经在四月份到全国作协来了，到这儿来的事，据说何志云已告诉你了，你在电话里说的，何志云也转告了。

当初你到海南闯荡，有一来信使我颇为感奋，就是你说你是"为了多一点经历"，"老了多一点回忆"。我之所以答应他们，也是想起你那封信才决定的。

最近发现你的创作状态很好，看了几篇文章，很棒，为你感到高兴。特别是《世界》，我很感动。你的长篇我还没有见到，待见到后一定好好看。不过我觉得有些评论家和某些小报记者很讨嫌，把张承志、张炜和你"神化"，其实是把他们神化。我心想什么时候承志或你最好踹他们一脚。因为不踹他们的话，不定什么时候他们觉得"神话"够了，用完了，就该踹你了。当然这是玩笑，其实你根本不用理他们。我最近为了清理自己的思路，和王蒙、李辉对谈了一次，登在《读书》上，据说也有理论家要"争一争"。我根本不想争，对理论不感兴趣。前几年被批评界拖着鼻子走了几年，连小说都不会写了，好不容易才下决心不看批评了。

很早就认识陈建功。在他进入官场前，我们交往较多，像他这样说说内心话，哥们儿之间相互提醒、相互鼓励、相互通气的便函多见。

作家们人多牛气哄哄，自以为不乏拜将入相之才，治国安邦舍我其谁。其实这基本上是自恋的错觉。能真正带好一个村民小组或一个小公司的，我在生活中也没见到多少。说起来，论聪明资质、知识准备、协调能力等条件，陈建功倒算得上进入管理层的一个合适人选。只是他进入得不是时候——如果他想干什么大事的话。

这一点日后才可逐渐看个明白。上世纪九十年代中期的中国文学，已在经济、政治、文化各种变局的猛击之下有点晕头转向。较之此前"伤痕文学""先锋文学"的一路匆匆补课，输血似的已完成，前面一切自便。个人主义的最远思想里程差不多就在这里了。面对利益和思潮多元化的歧路纵横，很多人顿时失去了方向感。在这种情况下，一个缺乏方向感的作家协会，如同失去灵魂的一个庞然大物，还能干点什么？既然思想和艺术的话题已没人说，没人愿说，甚至没几个能说得上，剩下的当然就只有利益。作战部变成了总务处。辩论台改成了菜市场。如果不是奖项、席位、版面、出国机会、项目经费、五星级招待等，恐怕很多人都打不起精神去凑热闹。

给作家分配利益当然不算坏事。但这等事与文学混搭在一起，毕竟有点怪怪的。华尔街很有钱，海湾石油国家也很有钱，历代朝廷和豪门贵族都不差钱……在那里办一两个作协就定能推出惊世之作？好吧，即使官家干部们都忍得住，不搞权钱交易、权色交易、人情交易什么的，而且见什么人都微笑都握手都嘘寒问暖亲如一家——问题是：这世界什么时候用利益砸出过文学？好比一个又丑又恶的渣女郎，哪怕嫁妆再多，全身披金戴玉，能用钱砸出她的爱情？

很可能，砸来的都是些混混。比如拿十万元扶助一长篇小说项目，这事不能说是出于坏心，但肯定是一种培养混混和团结混混的有效机制——写小说（除非是残障或特困作家），竟要靠官费来出版和宣传，这种小说还用得着写？

这种官费护驾的温室小说印出来又有何用？

可惜我当时也看不到这一点，没法在复信中对他有所建言。

十七

刘再复，一九九九年十一月九日来信称：

今年能在洛矶山下见到您，实在难得。您走后，我又重读了《马桥词典》，更深信这是一部杰作。今年六月《亚洲周刊》评选"二十世纪小说一百强"（我也是评委），《马桥词典》被排在第二十二部，属优秀者的前列。

谢谢你回国后还关心我，实实在在地向上"进言"。不管他们有没有反应，您的努力使我感到故国仍有心灵的跳动。也谢谢你和子丹发了《独语天涯》的自序部分。有你们和其他朋友开个头，以后的路子会越走越宽。我们的读者毕竟在国内，大陆读者的热情在海外是看不到的。

刘再复是资深评论家。其文章单篇来看不觉奇，全部合起来看方觉厚；不像有些人单篇来看都觉妙，全部合起来看便嫌窄。这当然取决于作者性格秉赋：有的人以爆发力见长，有的人以耐久力为本，如此等等，分别适合不同的读者或不同的读法。

他的包容度也大，是一个思想多面体，能普惠文学界的左中右和上中下（当然也就不会漏下拙作《马桥词典》）。只是前不久他先后对两位国外同行（夏至清和顾彬）发出厉声，让我有点意外，似有一些新的思考信号值得琢磨。

他信中提到的相见，是我一九九九年到美国科罗拉多拜访他，还有他的邻居李泽厚。主妇菲亚的厨艺实在太好，吃得我和朋友都不想走，几天下来也对自己的体重忧心忡忡。当时我是《天涯》杂志社社长，同主编蒋子丹一道，做过一些文化领域破冰解冻之事，比如发表李泽厚、刘再复、北岛、杨炼、严力、多多等海外人士的作品——这些敏感名字曾让很多同行捏了一把汗。其实，干这事并不需要多少勇气，只需要一点对大局的主见，对稿件诚实的理解和辨识。至于争取"官方"体制内某些积极力量的支持，比如必要时直接联系驻外使馆的文化官员——他们往往比国内新闻出版管理部门更了解海外情况，也更热心于重启内外交流——则是减少阻力和风险的小办法。

事实上，后来这些作家都走出了政治屏蔽，陆续重现于内地书架、讲坛、媒体版面，果然是路子"越走越宽"，足以证明我们此前"开个头"完全必要。邓小平在风波后说过"欢迎他们回来"，算是有了部分的落实。

十八

于光远，二〇〇三年十二月二十七日来信称：

在我的电脑里还储存了许多半成品。一是二〇〇三年七月在我的网站上开设"于光远百科讲座"，这个讲座将延续二三年，经整理成书后，规模将达好几十万字。在我的电脑里还储存像《老年于光远》这本书的开头的几万字，至于可集结的文章，当然还有许多。

我已经八十八岁半了，不能不考虑收摊子性质的工作。我的秘书胡翼燕正帮助我编辑，准备出版我的文存，争取二〇〇五年我九十岁时出齐几百万字的上集。

总之我换笔之后"生产力"大大提高，我的"四种消费品'理论'"在一定程度上，可以说是我的亲身体会。

我的工作，总的来说：一面在收摊子，一面又在铺摊子，而铺出来的摊子，又要收。我有两个心思，一是赶快，二是"我要……"

我不在经济学圈，不大了解于光远的理论工作，没法予以价值评估。因此这封信一如冬天海岛上我和他的林中聊天，于我最大的意义是励志：

想想看，"八十八岁半"了；

还在"换笔"；

还在"铺摊子"；

还在"赶快"和"我要"和"许多半成品"；

……

每想到此，就深感自己堕落得不像话。自己的午睡以及盆景、魔方、电视摇控器等都太可耻啦。

十九

王鼎钧，二〇〇九年十一月三日来信称：

不意有海南之会，得以深结文缘。弟在台湾成长，两岸在通邮通商之前已先通文，大作沿各种管道输入，同文捧读，赞佩创意，惊讶出红尘而不染，许为天人，思之犹昨日事也。海南之会，劳师动众，草草远人，何以克当。

先生对文学发展关怀如昔，增助之缘功不唐捐，受惠者已岂弟等一二人哉。感恩节将至，谨致贺忱。

如果有青年要学写散文，我总是推荐台湾散文"一哥"王鼎钧。《那树》《脚印》《活到老，真好》等堪为传世经典，其积学静水深流，其性情山明水秀，其才华排山倒海雷霆万钧，可读得我一再目瞪口呆。

因工作关系，我高兴地结交过不少台湾师友，如陈映真、洛夫、余光中、白先勇、郭枫、席幕容、罗门、张大春、黄锦树、林耀德（已故）等，包括给痖弦投过稿，在吴晟家睡过觉，同李昂吵过架。但一年年过去，一直没机会得见王鼎钧。直到那次在海口召开"王鼎钧散文研讨会"，我才有机会握住那一只多少令我好奇和忐忑的手——这便是此信的缘起。

信中有一点误会：他想必以为那研讨会是我张罗的，故有"增助之缘""何以克当"等语。其实我只是偶然遇上，成为受邀者之一。我被主办方安排在台上坐了一下，那也是岛上老虎少，猴子坐上台。我并未办过什么实事。

我居然无法及时澄清这一误会，原因是我当时离开海南省作协已十年，王鼎钧来信试投那里，不幸被夹入一些杂乱报刊，一压就是两年多，直到最后才被某编辑偶然发现。不知哪位集邮爱好者擅铰邮票，把信封上的地址也铰去了一截。

没办法，我只知道他仍居住美国。

但愿他一切安好。

二十

一位化名为"那人"的匿名者，一九九二年三月四日来信称：

准确地说，我现在还不是一个人，而是一个消息，这消息尚在路上走着，今日尚未到来。现在能与你对话，是出于我的梦呓。我上一封信给你谈到的《我与你》，见看了一遍没有。布伯是个一流哲人。布伯和尼采是我最喜欢的两个哲人，高在黑格尔三千英尺以上。

我总感觉我信封上的地址不太准确。所以我请你接信后给我寄一张印有你通讯地址的名片，但千万不要回信。我不希望读到你的回信，以后也不想。我喜欢在冥冥之中以整个生命与你相遇，与你对话，但这一切都是无待的。

我喜欢这种单向的通信。

那件事

那件事是他一个人独自想到的
那件事他难以启齿
那件事他无法告人
那件事永远是他一个人的秘密

但那件事他到今天还没有做

那件事他想了很久很久了
他想起了干那件事的许多种途径
他千百次悄悄地预谋干那件事

有时他感到那件事的赌注很大

甚至像他的生命一样巨大

有时他又感到那件事其实很容易干成

干那件事天天都是机会

有时他想也许那件事干了也就算了

也没有什么了不起

有时他又预想到干那件事

可能会出生一万个结果

像一万条陌生的路

令他全身的激动

多少年过去了

为了生存

他又干了许许多多的事

但不知为什么

他始终没有干那件事

但不知为什么

他又总忘不了那件事

干那件事的想法和他的生命一样活着

那件事他想了很久了

以至于他常常产生

已经做过了的错觉

那件事似乎已是某种存在

在这个茫茫宇宙的亿万个枝条上

他像爬行在某一枝的小毛毛虫

他疲惫了

他睡去

他又梦到那件事

这封信摆在最后，当然是因为它有点特殊：没有署名，也拒绝回信。写信者只是"一个消息"，一种透明的随风飘去。从信封邮戳来看，他发信于"海南""府城"，也就是我家所在的地区，近在我身边。那么在当时，在后来，他可能是快递公司的某个小伙，可能是银行柜台那边的某个小妹，可能是刚刚离开我家的水电工，可能就是与我对桌办公已经多年并经常咳嗽和叹气的老同事……他当然也可能在千山万水之外，就像他说的，一直"在路上走着"。

他（她）是不论在哪里都投来目光的两只眼睛——从那时起，我再也无法逃离这样的暗中盯梢了。

他（她）要干哪样的"那件事"？在这个世界上，难道不是所有的人都有一件说不清但又忘不了的"那件事"？

因为"那件事"，日子变成了生活。

因为"那件事"，生活变成了生命。

因为"那件事"，再多的"这件事"破碎了也不要紧，都不会是输光。在这个意义上，也许"那件事"从一开始就不必成为"这件事"。

好了，每个人都有遗憾，都有不舍和挣扎，都有不为人知的轰轰烈烈。"那件事"使都市或乡村的人，过去或未来的人，所有的迎面而来者于我都似曾相识。什么时候。他们都可能偷偷凑过来问上一句：

"布伯和尼采同志可还好？"

二〇一五年三月

月下桨声

雨后初晴，水面上有千丝万缕的白雾牵绕飞扬。我一头扎入浩荡碧水，感觉到肚皮和大腿内侧突然碾压着冰凉。我远远看见几只野鸭，在雾汽中不时出没，还有水面上浮来的一些草渣，是山上雨水成流以后带来的，一般需要三四天才能融化和消失。哗的一声，身旁冒出几圈水纹，肯定是刚才有一条鱼跃出了水面。

一条小船近了，船上一点红也近了，原来是一件红色上衣，穿在一个女孩身上。女孩在船边小心翼翼地放网，对面的船头上，一个更小的男孩撅着屁股在划桨。他们各忙各的，一言不发。

我已经多次在黄昏时分看见这条小船，还小小年纪的两个渔夫。他们在远处忙碌，总是不说话，也不看我一眼。我想起静夜里经常听到的一线桨声，带着萤火虫的闪烁光点飘入睡梦，莫非就是这一条船？

我在这里已经居住两年多，已经熟悉了张家和李家的孩子，熟悉了他们的笑脸、袋装零食以及沉重的书包，还有放学以后在公路上满身灰尘的追逐打闹。但我不认识船上的两张面孔。他们的家也许不在这附近。

妻子说过，有城里的客人要来了，得买点鱼才好。于是我朝着小船吆喝了一声：有鱼吗？

他们望了我一眼。

我是说，你们有鱼卖吗？大鱼小鱼都行。

他们仍未回话，隔了好半天，女孩朝这边摇了摇手。

我指了一下自己院子的方向：我就住在那里，有鱼就卖给我好吗？

他们没有反应，不知是没有听清楚，还是有什么为难之处。

也许他们年纪太小，还不会打鱼，没有什么可卖。要不，就是前一段人们已经把鱼打光了——他们是政府水管所雇来的民工，人多势众，拉开了大网，七八条船上都有木棒敲击着船舷，梆梆梆，嘣嘣嘣，把鱼往设下拦网的水域赶，在水面上接连闹腾了好几个日夜。这叫做"赶湖"。有时半夜里我还能听到他们击鼓般的赶湖，敲出了三拍的欢乐，两拍的焦急，慢板的忧伤以及若有思索，还有切分音符的挑逗甚至浪荡……偶尔我还能听到水面上模模糊糊的吆喝和山歌。"第一先把父母孝，有老有少第二条，第三为人要周到……"如果我没有听错的话，这些久违的山歌，只有在夜里才偶尔鬼鬼祟祟地冒出来。

我后来去水管所买鱼。他们打来的鱼已用大卡车送到城里去了。但他们还有一点没收来的鱼，连同没收来的鱼网。据说附近有的农民偷偷违禁打鱼，有时还用密网，把小鱼也打了，严重破坏资源。

我的城里的客人来了，是大学里的一位系主任，带着妻小，驾着刚买的日本轿车，对这里的青山绿水大加赞美，一来就要划船和下水游泳，甚至还兴冲冲想光屁股裸泳。他说这里的水比黑龙江的镜泊湖要好，比广西北海的银滩要好，比泰国的帕的亚也要好，说出了一串旅游地的名字，显得见多识广。我知道，这些年很多学校属紧俏资源，高价招生，收入颇丰，连他这样的小头头也富得买车买房，还公费旅游了好多地方。

我们吃着鱼，说到有些农民用蓄电池打鱼，用密网打鱼。他痛心地说，农民就是觉悟低，一点环境保护意识也没有。

他还说来时汽车陷在一个坑里，请路边的农民帮着推一把，但农民抄着手，不给一百块钱就不动，如今的民风实在刁悍。

这种情况我以前也碰到过。

客人们走后的第二天，院子里一早就有持久的狗吠。大概是来了什么人。我来到院门口，发现正是那个红衣女孩站在门外，提着一只泥水糊糊的塑料袋，被狗吓得进退两难，赤裸着双脚在石板上留下水淋淋的脚印，脚踝还沾着一片草叶。

她是走错了地方还是有事相求？我愣了一下，好容易才记起了几天前我在水上的问购——我早把这件事忘记了。我接过她的塑料袋，发现里面有一二十条鱼，大的约摸半斤，小的只有指头那么粗，鲫鱼草鱼游鱼杂得有点不成样子。从她疲惫的神色来看，大概这就是他们忙了半个夜晚的收获。

我想起水管所干部说过的话，估计这女孩用的也是密网，没有放过小鱼，下手是有些嫌狠。但我没有说什么。我已经从邻居那里知道了他们的来历。他们是姐弟俩，住在十几里路以外的大山里面，只因为弟弟还欠了学校的学费，两人最近便借了条小船，每天晚上在这里打鱼。他们的父亲帮不上忙，因为穷得没有医药费，一年前已经中年病逝。母亲也帮不上忙，据说不久前已经走失了——人们只知道她有点神志不清，曾经到过镇上一个亲戚家，然后就不知去了哪里，再也没有回家。

我收下了鱼。在完成这一交易的过程中，她始终拒绝坐下，也没有喝我妻子端来的茶。她似乎还怕狗咬,说话时总是看着狗,听我说狗并不咬人,还是怯怯不时朝桌下看一眼,一见狗有动静,赤裸的两脚就尽可能往椅子后面挪。

"你很怕狗么?"我妻子问。

她不好意思地笑笑。

"你家没有养狗么?"

她摇摇头。

"你喝茶。"

她点点头,仍然没有喝。

她提着塑料袋走了以后不久,不知什么时候,狗又叫了,窗外桔红色一晃,是她急急地返回来,跑得有点气喘吁吁。

"对不起,刚才错了……"她大声说。

"错了什么?"

"你们把钱算错了。"

"不会错吧?不是两斤四两么?"

"真是算错了的。"

"刚才是你看的秤,是你报的价,你说多少就是多少,我并没有……"我觉得自己没有什么责任。

"不是,是你们多给了。"

我有点不明白。

她红着脸,说刚才回到船上,弟弟一听钱的数字,就一口咬定她算错了,肯定没有这么多钱。他们又算了一次,发现果然是多收了我们一块钱。为此弟弟很生气,要她赶快来退还。

我看着她沾着泥点的手,撩起桔红色衣襟,取出紧紧埋在腰间一个布包,十分复杂地打开它,十分复杂地分拣布包中的大小纸票,心里有些过意不去。一块钱怎值得她这样急匆匆地赶来并且做出这么多复杂的动作?"也就是一块钱,你送鱼来,就算是你的脚力钱吧。"我说。

"不行不行……"她把头摇成了拨浪鼓。

"再说,我们以后还要找你买鱼的,一块钱就先存在你那里。"

"不行不行……"拨浪鼓还在摇。

"你们还会打鱼吧?"

"不一定。水管所不准我们下网了……"

"你弟弟的学费赚够了吗?"

"他不打算读了。"

"为什么?"

她没有回答,只是固执地要寻找一块钱。她的运气不好,小钞票凑不起一块钱。递来一张大钞票,我们又没有合适的散钱找补。就这样你三我四你七我八地凑了好一阵,还是无法做到两清。我们最后满足她的要求,好歹收下了七角,但压着她不要再说了,就这样算了,你再说我们就不高兴了。

她做了什么亏心事似的,浑身不自在,犹犹豫豫地低头而去。

傍晚,我们从外面回家,发现院门前有一把葱。一位正在路边锄草的妇人说,一个穿红衣的姑娘来过了,见我们不在,就把葱留在门前。

不用说,这一大把葱就是她对鱼款的补偿。

妻子叹了口气,说如今什么世道,难得还有这样的诚实。她清出一个旧挎包,一支水笔,说可以拿去给红衣女孩的弟弟上学,说不定能替他们省下两个钱。但我再没有遇上红衣女孩,还有那个站在船头为她摇桨的弟弟。有一条小船近了,上面是一个家住附近的汉子,看上去比较眼熟。从他的口里，我得知最近水管所加强禁渔，姐弟俩的网已经被巡逻队收缴，他们就回到山里种田去了。他们是否凑足了弟弟的学费，弟弟是否还能继续读书，汉子对这一切并不知道。

人世间有很多事情我们并不知道，何况萍水相逢之际，我们有时候连对方的名字也不知道。

我说不出话来。每天早上，我推开窗子，发现远处的水面上总有一叶或者两叶小船，像什么人无意中遗落了一两个发夹，轻轻地别在青山绿水之中。但那些船上没有一点红。每天晚上，我走在月光下的时候，偶尔听到竹林那边还有桨声，是一条小船均匀的足迹，在水面上播出了月光的碎片，还有一个个梦境。但我依稀听得出桨声过于粗重，不是来自一个孩子的腕力。

我走出院门，来到水边，发现近处根本没有船。原来是月夜太静了，就删除了声音传递的距离，远和近的动静根本无法区别，比如刚才不过是晚风一吹，远在天边的桨声就翻过院墙，滚落在我家的檐下阶前，七零八落的，引来小狗一次次寻找。它当然不会找到什么，鼻子抽缩着，叫了两声，回头看着我，眼里全是困惑。

我也不明白，是何处的桨声悠悠飘落到我家墙根？

二〇〇四年七月

收水费

我居住河西的时候，所在那一幢住宅楼有四个门道，每一门道五层，每一层左右两户，共计十户人家。每到月底，供水公司的收费员来看一下总水表，给各门道填发收款通知。几天后，待各门道的水费集中了，收费员再来总取。这样，我们这个门道每月得轮出一个经手人，帮供水公司逐户抄表收费。

我也当过经手人。这是我结识邻居的机会，但很长一段时间内，我并不知道他们的名字，在逐月积累下来的一叠收费表上，他们都只有房号，只是房号。比方说，我就是三号。

十号每月的用水量总是大得惊人。大概这一家孩子多，而且全家正轰轰烈烈生产致富，不知从何处接来一大包一大包的旧塑料袋，把它们拆开，洗净，装包，再送到某个工厂去。家里成了小作坊，工业用水的消耗自然非同一般。敲开十号的房门，机器哒哒声和流水哗哗声立即扑打我满脸满怀，使我面肌隐约发麻。应门的常常是一个约莫六七岁的男孩，小圆脸黑乎乎的。户主呢，在堆垒如山的原材料和成品那边，大概手头正沾着活，或者不方便爬过山来，只是从里屋抛出一两句粗粗的嗓音，算是忙者的回礼。小孩显得很懂事，立刻把我引向水表，搬开挡道的鸡笼、脚盆、锄头，还有几大包产品，手脚十分麻利。完成这浩大复杂的工程之后，水表才从卫生间的一角探出头来，你才可以用扬腿劈胯的高难动作，让一只脚越过某个高高障碍，探向湿漉漉的水泥地，让上身尽可能趋近鸡粪味，也趋近水表。"又是十八吨半！"小孩看清了表上的数字，向父亲传报了陪同核查的结果，不再说什么，熟练地找来一支烟和一盒火柴递给我。我不要，他便把烟叼到自己嘴上，笑得天真而淳厚。

　　八号的用水量总是最小的，小得简直如用香油，没法不让人生疑——他们会不会用破坏水表的手段偷水？八号门外的楼道已被这一家侵占，是一个日益扩张的废旧用品仓库，竹篓、旧铁炉、破竹床、包装木箱或纸盒，钩心斗角地靠墙堆码，如同忆苦思甜的阶级教育展品，把楼道挤得日渐狭窄，只容人们侧身通过——行人免不了常对八号门报以白眼或嘀嘀咕咕。要是扛一辆单车从这儿经过，那就更为难了。稍不小心撞坏了一块藕煤，这家的女人就会拿着藕煤碎块找上门来，罪证确凿，非让你赔偿不可。不过这一家倒不乏革新能力，比如去他们家不用敲门。门旁有一按钮，你按一下，便可听得门内隐约悦耳铃声，后来我听说那是男主人用一台破电子钟改装而成，足见其心灵手巧。待铃声落定，男主人一张脸从门缝里露出来，脸瘦鼻尖，两眼眯缝，直到看清来人，才笑容可掬并且让门缝更为扩展。收费似乎惊动了他全家。几双神形酷似的眼睛齐刷刷在他身后汇集，都警惕地盯着我，如列阵迎战乞丐或窃贼或敌国特使，使我不由自主心怯腿软，进退无措。八号男人一定从我的脸上看到了怀疑，反复说明他家用水少的原因：拖地板用洗过菜的水啦，洗脚用洗过脸的水啦，冲厕所用洗过脚的水啦,再加上家里人口少,再加上他们每个星期天都去岳母家吃住,家里一个月用不了多少水等等。这与那些用磁铁块控制水表的偷水贼岂可同日而语?说实话,我对他的话半信半疑,看他家的水表,黄锈水弥漫在表内,看不大清楚。八号男人说不用看,他已经查过了。墙上贴着一张纸,就详细记载着他历次预先自查的数据,算是对收费工作的紧密配合。

九号住着一对退休老夫妻。老头大半辈子在银行工作,与钱打交道,因此对窃贼最为提防,所以他家的门最难敲开。你不仅要重重敲门,还必须大声呼叫,主人听出来人的声音耳熟,才会来开门的。这一家不仅有防盗铁门,木门上还有铁栓、安全链、大大小小三把锁,组成了立体的钢铁防线,即使主人自己,不大费一番周折也是开不了门的。想那些溜门小偷,对此一定会望而生畏吧?就算是偷得三金两银,也会被麻烦得口吐鲜血吧?老两口对有幸入门的客人都很热情,泡糖茶,递香烟,端上水果。房内别有洞天,打扫得窗明几净一尘不染,几枝月季在客套话的滋润下盛开着触目的嫣红。银行退休干部正在喝中药。说起门,他感慨最多,消息也最灵。他说晚报已经刊载了,哪儿哪儿遭窃,哪儿哪儿被抢,人心不古世风日下,真是不能不防呵,以至他出门时把所有的存折都贴身带着以防万一。他见我也有同感,立刻建议我借收水费的机会,把各家各户串通一下,大家订一个联防轮流值班制度,或者雇请保安人员增岗加哨,他情愿出一份钱。

七号的门上贴着剪纸的大红"喜"字,自然是一处新婚香巢。小两口不知在哪里工作,每天都早出晚归。我白天敲不开门,只得晚上再去试试。查看水表时,我发现卫生间的水在哗哗哗白流,提醒主人之后,七号男人这才来关了水。他说他没听见水流声,原来厅里乐声大作,又是港台又是欧美又是红军歌曲联唱,立体音响轰击着青春岁月。粉红色的朦胧光雾里,几对青年男女翩翩起舞,另一位女士坐在男友的膝盖上,娇嗔地由对方喂上一颗颗葡萄。在另一间房里,有很多空酒瓶和一堆果皮纸屑,还有大堆黄澄澄的木料,看来主人还准备打制家具,构造更新更美的生活。七号男人留着小胡子,十分豪爽,哗地撕破烟盒,给我递上进口的美国烟,还说要介绍一条"右腿"陪我跳一圈,让我享受一下贴面舞的美味,享受一下熄灯舞的魂销时刻。对于水费,他根本不在意,说算多少都可以,怎么算都可以。一张大钞票塞给我还不让我找还零钱。"你要找钱就是骂人!"他瞪大眼冲着我一个劲地豪爽。

四号则永远宁静,总是紧闭着门。主人姓什么,是干什么的,这里无人知晓。好像这一户只住了一位中年男子,我偶有一次见他弓着背出门去,不知此前他何时潜入自己的房间,真有点神出鬼没。他也不认识任何人,前几天才与我点过头,现在我敲开门,他又问,你是谁?来找谁?我说我是你邻居,来收水费的。他说,收过了怎么又收?我说每个月都要收的。他哦了一声,明白了水费是怎么回事,把我引向电表的方向。我说,水表在卫生间里。他又哦了一声,拍拍自己的脑袋,有点不好意思。从他家的水表可以看出,他用水极少,大概除了喝水,是很少擦地板、洗衣服乃至做饭菜的。屋里空空如也,家徒四壁,确实没什么家具,一个床垫放置墙角便算是床了。地上倒是堆码着很多书,有几本线装书摊开了,书内夹着一些冒出头的纸条。我说下个月该轮到他来收水费了,他吓了一跳,紧张得脸色灰白,说他对数字最糊涂,不能干这种事,他决不收水费也不收电费。我说每家都要轮上的。他想了想,说硬要这样逼他的话,他就让他姐姐来帮忙。在这一个交谈过程中,他始终没有问我姓甚名谁,当然问了也没用,他记不住的。他在这里只是一个若隐若现的传说,一个似有似无的假定，不可能成为任何人真正的邻居。

　　一号在我家的楼下，在这十户人家中显得最为风光无限。门前的空地被栅栏一隔，就成了他们的私家花园，种上了各种奇花异草，还有盆景假山，揽黄山漓江等南北景象天下名胜于一园。常见一群群陌生人来此干活，用陶砖垫出园中小径，或用水泥灌制成预制构件，再搭出花园旁的偏房。这些人干活很卖力，干完活不吃饭就走，连茶水也不多喝。他们对一号男人"科长"前"科长"后的，常有点头哈腰的讨好之态。科长背着手指点他们干活，也常常踱步小径观赏满园春色。他和蔼可亲，是个公共事务的热心人，好几次发动组织邻居们签名上书市政府，要求在附近增建医院，要求改善自来水的水质，如此等等。他家负有浇灌使命，用水却不算多，全仗一辆市政洒水车定期前来输水。他家水表也维护得最好——曾有陌生人笑盈盈地上门检修，发现有点问题，立即换上新产品，就像维护他家的电饭锅、电视机乃至电源插座。"科长"一听说这个月各户用水之和又与总水表显示的数量有较大差距，便背着手沉思解决问题的方针和方法。他说一定有人偷水，损害公共利益。很可能是八号搞了鬼名堂，应该对八号进行严肃思想教育。他也常批评七号忘记关水龙头，水顺着楼道哗哗往下淌，虽说是自己付钱，但浪费了国家财产么。年轻人啦，不懂得过日子的甘苦，也不懂得艰苦奋斗的革命传统。见到我来收水费，他不给我递烟，也不准我在他家抽烟，对我的支气管和肺叶关怀备至，甚至背诵抽烟致癌的各种统计数据，一边说还一边清嗓子，似乎数据也很恶毒，他对通过了数据的嗓子必须及时检查清理。

　　二号处一号之侧，住着颇为拥挤的四代共六七口人，经常爆出婴孩们越来越洪亮的啼哭。当家的人称孟爹，也退休居家，常去钓鱼和打牌。他对身旁一号的动静最为关注，一见我上门，就抢先要查阅一号的用水数量。从近几个月数字的变化,他老谋深算地判断,一号不但装了热水器,这个月肯定又添置了全自动洗衣机。"他家里有钱,有钱呵。他家细细最近进了外贸公司,欢欢也在做大生意。这叫什么?这叫钱找钱,钱结伴。越是有肉吃的人,就越有肉汤泡饭呵……"他这一番评说引出长叹,不知是赞叹还是悲叹。他家的卫生间窗子被木板全部封闭,漆黑一团,白天查看水表也得动用手电筒或划火柴——似乎电灯坏了。我问他们为什么不把电灯修好,孟爹不以为然地说,修它干什么?一不在这里读书,二不在这里记账,那么大个坑,还怕屁眼屙不中么?这就让我无话可说。

最难收来水费的人家该算六号。六号住着一对夫妇,都在剧团工作,离了婚,因为找不到房子,只得暂时"非法同居"于此,已有一年多时间了。男的常常不在家,是否另有新欢外人不得而知。女主人声称他们的财务早已分开,她只能付她的那一半水费,决不给那个臭杂种垫付或代付。数着角票分币的时候,她还气咻咻地说她完全不该付这么多,因为她用水省,总是在剧团洗了澡再回家,哪像那个家伙,出油汗,出黑汗,每天臭烘烘,一双鞋子没几桶水是洗不干净的。要不是她心软,她根本不会给那家伙洗鞋子,让他娘的打赤脚。我说,既然你还为他洗鞋子,是不是还有复婚的可能?她杏眼圆睁:"洗鞋子是洗鞋子,爱情是爱情,这完全是两回事!"她又说:"你以为离婚很奇怪是么?其实没什么。有人说,中国人以前见面就问'吃了么?'现在见面就问'离了么?'时代不同了嘛。我在我的同学中间,算是离婚最晚的啦。"她果然没为前夫垫付或代付一分钱,显示她追求爱情义无反顾的决绝之志。这实在让我为难。大概觉得为难了我,她请我吃一颗糖以作补偿,然后继续去电吹她的一头长发。

最后还剩一个五号,是不用去收水费的。这里原住着老少两个女人，后来少的死了，老的也死了。关于死因，这里的人都吞吞吐吐不愿说，我也不想说。据说人死后阴魂不散，房子里总是闹鬼。有一天深夜，差不多整幢楼的人都听到这房子里地动山摇的一声巨响，像是柜子或桌子倒了，但谁也不敢开门去黑屋子里查看。六号常说，常听到隔壁有脚步声，有女人轻轻哼歌的声音，恐怕是真的出鬼了。七号也说，那套房子窗子都关了，风都吹不进去，但一到夜里那里怎么有房门的吱呀吱呀呢？不是幽灵出没又是什么？他们说得邻居们一个个后脑皮僵硬，小孩子往大人身后躲。一号男人劝大家不要迷信，说世界上哪有什么鬼，大家只要多学一点辩证唯物主义，就不会相信这些鬼话。邻居们不服气，纷纷质问他，你辩证了，你唯物了，但那天晚上你没听见巨响么？你去看过一下没有？你不也是缩在屋里大气不出？……这一说，科长便支吾，便脸红，背着手去看他的仙人掌算了。

后来，房产公司安排别的人家来入住五号，那户人家兴冲冲地来看房子，但一听说闹鬼，就大惊失色，一去不返。

因此五号房至今一直空着。

收费表中的五号名下，月月都是空白。这也没什么，我们每个人或迟或早都要奔赴空白。只是五号少女竟走在我们的最前面，倏忽而逝，我完全没有料到。我对她的面目没什么印象，只记得她每天夜里归家，大概是在中学晚自习后归家，一上楼梯就必定超前地朝三楼大喊一声："外婆，开门——"

楼道的路灯总是坏了，她在黑暗中用高声大叫为自己壮胆吧？她的高声呼叫与故意重踏的脚步渐成定规，成为了这里夜晚的一个部分。一旦消失，夜深人静之时，我仰望泼入窗口的银月，会觉得夜晚缺失了什么。

五号房的铁窗很快锈了，木门也蛀眼密布，落下厚厚的粉尘。没有人居住的房子，像摘下枝的果子，失了灵魂的躯壳，没有了生命，腐朽得特别快。常常有老鼠从五号房门下面的缝里钻出来，使过往的行人发出一声尖叫，震落心头的喜悦或愁闷。有时候，一枝来历不明的白丁香，会出现在五号门前，不知是什么人所赠，不知是为什么而赠——这是我的想象。

终于，我向供水公司的收费员缴足了水费，包括为六号男人垫付了他该交的那一半。我的事情就算是完了。

一九九二年六月

空院残月

有一个邻家的汉子很会种瓜，扛着锄头这里看一看，那里挖一挖，似乎没有做什么，但他所到之处不久就会冒出肥大的瓜叶，逢沟过沟，逢坡上坡，甚至翻越墙垣，尽情地蔓延和覆盖。不知什么时候，瓜藤已潜游我家门前的路上，过不了多久，两三个南瓜居然憨憨呆呆地拦路把守，要收缴买路钱的样子，使我出入的时候得东躲西闪三步两跳。

"把瓜摘去吃吧。"他撑着锄头，乐呵呵地冲着我笑。

"我家也有瓜。你种的，你留着。"

"我一个人吃饱，全家就不饿，哪吃得完？"

既然他是一个人居家，那他到处种瓜做什么？是有种瓜癖？是生性闲不住？还是对世界上一切荒土闲地有开发兴趣？

他家离我家不远。我走出院门，同张家的人点点头，同李家的人搭搭腔，然后就能看见他家斜斜的院门了。我去过他家，看见他家里的算盘和几个账本，知道他是村里的会计，有时还到小学代点课，无论数学还是音乐，都能教。我正巧看见五六个女孩子在他家排演歌舞，大概是准备学校里节日会演的节目。他一双赤脚，腿上带着泥点，头发眉毛皮肤都被阳光烧灼成了浑然统一的土色，却是一个努力投入艺术想象的导演。"我们的祖国似花园，花朵开放真鲜艳……"他边唱边舞，两手像扭着一条无形的毛巾，左耳边扭一下，右耳边扭一下，是一种挖土和挑粪般的舞蹈手势。

"下腰，下腰，你们看看我……"他还来了个上身后仰的示范，直到自己仰得两眼翻白，耳根都涨红了。

这位赤脚导演没顾得上陪客人。我与妻子在一旁观摩和喝茶，其实是喝着热水瓶里的凉水，已经化不开茶叶。两只杯子也破旧零乱，一只搪瓷大杯，一只粗瓷酒盅，是他刚才找了半天才凑齐的。这确实是一个主妇缺席的家。

听邻居说，刘长子的老婆到南边打工去了。听邻居喝了酒以后说，他老婆实际上也是人家的老婆，帮一个老板管家，还生了个娃，只是把赚来的钱一个不少地寄回来，供这边的儿子读书。我不太理解这种事，尤其不太理解人们说起这事时的随意和淡漠，忍不住想多问几句。"有什么奇怪？闲着也是闲着，就等于出去寻副业么。"一个妇人这样回答我。另一个老人笑了笑："刘长子能怎么样？丈夫丈夫，只管得一丈远的。"他们转而说起了眼下学校收费的昂贵。照他们的计算，供一个孩子读高中，非得有两个人打工进钱不可。因此刘长子福气好，不仅自己可以代课，还有一个既挣钱又顾家的老婆，要不他儿子恐怕早就搓泥巴它了——这是务农的意思。

我见过一次他那个似有似无的妻子。大概是知道村里有些说法，她从来没让我看到过正面，即便是在水边的菜园里相遇，她也是去看天上的鸟，或者弯腰去扯除什么杂草，是一个躲避目光的影子。从背影和侧面来看,她身姿绰约,而且有了都市生活的风韵,比方衣摆剪裁得很合身,比方衣履有细心的颜色搭配,比方腰身和脚步有一种用心的收敛,没有乡间重担压出的那种粗放散乱,不会脚步乱刮或者胯骨乱甩什么的。但她没有市井虚荣,回家来探亲,不打牌,不入酒席,日子都浸泡在汗水中,挑着粪桶一闪就没入瓜棚豆架。那一片繁茂绿叶的深处偶尔飘出嘤嘤低语,大概是她与什么邻居说话,但听不清楚。

她们隔着绿叶的帷帐说说家常,互相也不见人影。

她丈夫没有来帮忙。其实,她丈夫无法上地了,因为一场大病,撑着拐杖也偏偏欲倒,她才赶回乡下来料理。我不知道刘长子患了什么病,问起来,他只是笑笑,说得含糊。直到我看到他转眼间面容枯槁,头发眉毛渐次脱落,有明显的放疗和化疗迹象,才猜出他的病凶多吉少。

他扶着拐杖,再一次冲着我笑笑:"把瓜摘去吃吧。"

"你自己留着吃。"

"我怕是吃不上了。"

"你不要灰心。听我说,得这种病的成千上万,其中不少活过了十年,甚至二十年,天天扭秧歌或者踢足球的,也大有人在。你一定要心情开朗,积极地与医院配合。"

"什么医院?明明是拦路抢劫的土匪。"他目光发直,两个眼珠挤成了一个斗斗眼,"一个疗程就要我八千,要在我身上开金矿么?"

"有什么办法呢?病在你身上,还是要治的。"

"我决不给他们吃冤枉!"

他看了看天边的风景,回家做饭去了,转过身,喘了几下,拾起了身边的几根豆角,又喘了几下,缓缓挪动了步子。我忙上前去扶住他，问他妻子为何这么快就走了，为何不留下来照料他。

"家里也没有多少事，不用她天天守着。"

"多个人手总是好一些。"

"守着我，能守得出钱来？"

他说明它就要考大学了，然后缓缓地朝夕阳走去。鸟雀正在归巢，水边的老牛正在回家，家家户户的炊烟都升起来的时候，他孤独的剪影定格在一片火烧云中。

明它是他的儿子，一直在县城寄宿读书。我只见过他的考号和上了线的考分，受他父亲之托，与某大学的一位朋友通过电话，确保这所大学录下了他。直到我就要离开这个村子了，有一天从外面回来，才发现他们父子俩坐在我家。他儿子长得像个女孩，眉清目秀，有些腼腆，埋头翻着一本杂志。父亲满心欢喜地看着这个有出息的儿子，有一种怎么也看不够的劲头，目光软软地和糍糍地抚摸着儿子侧面的每一个部位，摸得大学生更腼腆了，扭过头去看着墙角，躲开父亲的目光——他是知道这种目光为时不多从而不忍相接？还是年幼无知从而不觉得这种目光点滴都不可遗漏？

邻家汉子戴着帽子，盖住了头发脱落的头，是带着儿子来面谢的，顺便也讨教些大学读书的方法，问一点都市生活须知。墙边的几只大南瓜，当然是他的谢礼。在整个说话的过程中，他的兴致一直很高，听到儿子说起大学里一些趣事，甚至满面红光地哈哈大笑，只是通常比别人笑得慢半拍，目光有些发直，似乎卡在略有所思的那一刻。我突然想到，我将离开这里，春暖花开时节才会再来。这就是说，如果事情不出现奇迹，他此次戴着帽子的来访，对于我来说也许是最后一次。我知道拒绝就医意味着什么。我看见他最后一次摸着我家的桌沿，最后一次放下我家的茶杯，最后一次艰难地站起来，最后一次扶着拐杖走向大门，最后一次给我视野里留下笑脸和弯曲的背影……事实上，我没有看到这个背影，而是让妻子去送客。我没有勇气在一片谈笑声中，在一个秋高气爽风和日曛蝉鸣雀噪的好日子，与一个活生生的人永别。这分明是一个欢欣的场景，容不下永别的情节。

我乘车离开此地的时候，甚至不敢朝他家的院门望一眼。此时，他也许站在那里，也许没有。这种种也许一晃就甩到了车后，离我越来越远。

现在，我又来到了这里。没有人向我提起他，我也没有问起他，一个人的名字就这样在大家心照不宣的约定之下删除了。院墙外的瓜藤又开始蔓延，向路上延伸着妖娆的触须，大概是想拦住路人的脚步，想说点什么。花朵也开始绽放了，像举起一支支金色的喇叭，正在向这个世界大声地传诵和宣告什么。我不知道是谁又在这里种下了瓜，或者它们不过是野物，来自去年无人采摘的瓜，来自瓜腐成泥后重新入土的种子。如果没有人来采摘，它们也许会年复一年地这样繁殖下去。

清明节，远近的鞭炮声不时传来，当然是各家各户在上坟。我不知道是否有人给刘长子上坟，也不知道他的坟在哪里。我只接到了他儿子的一个电话。他吞吞吐吐，想向我借一点钱。他说网上有人推销一种彩票透视眼镜，据说是发财致富的高新技术产品，他很想得到一付。

我不记得是如何回答他的，也不愿意把这个电话告诉村里的人，当然更不会告诉他父亲。晚上路过他家院门时，我让村长等我一下，然后推开半掩的竹门，习惯性地跨过院门的石槛。已近深夜了，西沉的残月隐在林子里，给曾经排演过歌舞的清冷地坪，筛下一片模模糊糊的光斑。正房门挂着一把锁。墙根已布满青苔。靠近厨房的一根竹管还流着水，但支架已经垮塌，泉水流到了地上。接水用的瓦缸还有半缸积水，有孑孓蚊蝇浮在水面，大概是房主去年所留。这个院子里也有很多瓜藤，从院墙那边蔓延过来，已经把一条通向屋后的小路封掩，然后爬上了石阶，攀上了檐柱，甚至缠住了檐下一张废弃的犁，在木柄上开出了小小花朵。我知道，待到秋天来临，这里将会有遍地金灿灿的南瓜，在绿叶下得意洋洋地纷纷探出头来，一心要给主人冷不防的惊喜。

我踏着月光，完成了一次为时已晚的告别。

二〇〇四年七月